ヤマケイ文庫

宇《ほ》宙《し》に願いを

Higuchi Akio

樋口明雄

Yamakei Library

宇宙《ほし》に願いを

目次

幻夏

山手線の五反田《ごたんだ》駅から歩いて五分という店だった。

それなのに、なぜかさんざん迷って、都会の冷たいビル風の中を歩き続けた。けっきょく、そこに着いたのは約束の午後六時を十五分も過ぎていた。

片手に持ったハガキの案内状に記された店名と、目の前の居酒屋の看板の名が同じであることを確認し、自動ドアを開けて中に入った。むっとする熱気が身を包み、喧騒が耳朶《じだ》を打つ。

月末のためか、大きなフロアはすでに客でいっぱいだ。その一角にある縦長のテーブルに並んだいくつかの顔がいっせいに振り向く。

——おい。作家先生。ひとりだけ目立って遅刻か。

酔客たちの騒ぎの中から濁声《だみごえ》が飛んできた。

眼鏡をかけたポロシャツの男。片手に生ビールのジョッキを持ったままだった。他に男女が八人、全員が私と同年代。故郷の山口県岩国《いわくに》市にあった西岩国小学校の同級生たちだ。

名簿によると、私を含めた四人が都内在住、残る四人は名古屋や仙台などあちこちの地方から集まってきた。

「お前のために真ん中の席が空けてあるんだぞ」

別の誰かが笑い声でいった。

「さて、本日のオオトリ、小説家の森木健一氏《もりきけんいち》のご登場とあらば、あらためて乾杯《かんぱい》だな」

眼鏡にポロシャツの男が発声し、全員での乾杯のあと、歓談が再開された。

店内の喧騒のせいで、いやでも誰もが大声になる。

「モリケン。俺らのこと、誰が誰だか思い出せないんだろ?」

近くの別の男性からそういわれ、私は苦笑いを浮かべた。小学校卒業を隔《へだ》てること五十四年という長い年月が過ぎたかつての少年少女たちには、あの頃の面影がまるで残っていなかった。

「ほら。三好《みよし》だよ。この福耳、憶えがあるだろ」

真正面に座る男が自分の耳を引っ張っていった。

「あ……三好か!」

それが呼び水となって、過去のいくつかの記憶を連鎖的に呼び覚ました。

バイオリンが特技だった水原《みずはら》。八百屋のひとり息子の芝崎《しばさき》。そして眼鏡にポロシャツの彼は、バレーボール部にいた西村《にしむら》。今回の同窓会の発起人だった。

昔はともかく、ここ何年も中学、高校とろくに同窓会などしたことがなかったというのに、突然、小学校の、それも東京近辺にいる同窓生に声かけをして集まったのが今宵の会だった。たかが八人とはいえ、よく集まったものだと感心する。同窓生たちはさかんに飲み食いしながら、相変わらずにこやかに歓談し、冗談をいいあったりした。たまにわざとらしく故郷の方言を交えてしゃべり、過去の話に盛り上がった。

全員が六十五歳だった。すでに前期高齢者の仲間入りである。

小学校を卒業し、中学まではほとんどの顔ぶれがそろっていたが、高校、大学とバラバラになり、やがてそれぞれが方々に散って社会のあちこちに溶け込んで人生を送ってきただろう。ひとりひとりに半世紀あまりを生きてきた経験がある。男も女も、それだけの時間が顔に刻まれている気がした。

「森木君。新作、読んだわよ」

そういってグラスにビールを注いでくれた和服の女性は奥村千穂《おくむらちほ》だった。

私がいた六年三組で学級委員をしていた。眼鏡をかけ、ツンとした秀才だった。

「——山が舞台のミステリばかり書いてないで、たまには私たちのこと書いてくれないかしらね。懐かしい話がいっぱいあるでしょ」

「機会があれば喜んで書くよ」

そう応えながら、私は彼女の化粧《けしょう》の濃い顔を見つめた。

あの頃、千穂からはずいぶんと意地悪をされたものだった。たしか医者の娘で、成人したのちは広島の医大教授の夫人におさまったはず。何しろ当時、こちらは日焼けで真っ黒な泥臭い田舎のガキだったし、成績が悪く、さりとて運動もできず、女子たちから見下されたのは当然だったかもしれない。

会話の中でそれとなしに振っても、彼女が憶えている様子はなかった。そういったことは被害者だけの記憶に残るものだと、私は内心、笑って納得した。

「それにしても森木の仕事は大丈夫か」

福耳の三好が声をかけてきた。「出版不況が長いだろう。都内でも本屋がどんどん消えてるぞ」

「カツカツだがなんとか執筆依頼が来てるよ」

私にとってあまり笑えない話だったので、無理にでも話題を逸《そ》らそうと思った。

あらためてメンバーを見回し、ふと気づいた。

「トンボは来てないのか？」

すると、気まずそうに眉根を寄せて、西村がいった。

「今回の往復ハガキの返信が来ないから心配して、岩国の実家に連絡してみたんだ。

先月、亡くなったそうだ。職場で脳梗塞《のうこうそく》になって倒れたんだと」

「トンボが……」

私は言葉を失った。

名前は戸田保志《とだやすし》。だから渾名《あだな》がトンボ。

幼なじみで親友同士だった。川を挟んだ対岸の地区に住んでいたおかげで、いつもいっしょに遊んだ。

高校入学で別々の道に分かれ、私は上京して大学に入り、卒業後、小さな出版社に就職し、のちに独立して小説家になった。トンボは名古屋の大学を卒業し、東京にある大手新聞社の記者になった。

メールアドレスや携帯の番号も知っていたが、なぜかやりとりはなく、毎年のように年賀状がポストに入っているだけとなっていた。

「お前ら、あの頃は仲良し三人組だったなあ。ポンタと」

西村がいった。

そうだった。ポンタ——内山幸太《うちやまこうた》と三人して、よく遊んだものだ。そのポンタも、高校生のときにバイク事故で死んだ。雨にたたられた葬儀の日の、母親の号泣の声をよく憶えていた。

思い出しているうちに、気持ちが沈み込んだ。

懐かしい顔ぶれといくら笑い合い、はしゃぎ合っても、私の脳裡からトンボやポンタの面影が消えなかった。

途中でひとりトイレに立ち、洗面台に向かって手洗いをしながら、ふと気がつくと鏡の中の自分の顔を凝視していた。還暦《かんれき》をとうに過ぎて、すっかり老《ふ》け込んだ男の顔だ。いくらタイムスリップして過去に戻ろうとしたって、これぱかりは元通りにはならない。

「やけにしょげてるじゃないか」

背後に声がした。

鏡越しに、トイレの入口近くに西村が立っているのが見えた。ズボンのポケットに両手を突っ込み、躰《からだ》を傾《かし》がせてタイル張りの壁にもたれている。ポロシャツにスラックスといったラフな姿が、小洒落《こじゃれ》た感じでよく似合っていた。

最前の会話によると、国際協力事業の開発コンサルタントとして世界中を飛び回っていたらしい。それが六十を前に、思い切って仕事を辞め、今は都内で夫婦ふたり、小さな飲食店を切り盛りしているそうだ。

「トンボのことは残念だったな。だが俺たちもこの年齢だし、順番にだんだんお迎えがくるんだよ。それにしてもモリケン、お前、元気がなさそうだが？」

「ここんとこ、あまり眠れなくてな」

私がいうと西村は真顔になった。

「仕事のストレスか。見たところ、なんか行き詰まった感じがしてたが」

応える言葉が出てこなかった。

「ところで最近、帰ったのか？　岩国に」

「いや」

首を横に振った。

最後に帰郷したのは、たしかもう七年も昔のことだ。

あの年の夏、私はひとり車を運転して高速道路を長距離走行し、懐かしい故郷の土を踏んだ。子供の頃から中学時代にわたって暮らし、遊んだ懐かしい場所を方々訪ね、中二の夏に仲間とキャンプをした瀬戸内の上関《かみのせき》まで足を運んだのだった。

それきり故郷に足を向けていなかった。

「実は長いこと帰っていない。いろいろ忙しくてな」

「俺も自営業に落ち付いたし、お前もまだ現役で書けるかもしれんが、一般の六十五歳ときたらもう余生だし、あまり先がない。だから、たまに昔を振り返るのも悪くないと思って同窓会を企画したんだよ」

昔を振り返る、か。

心の中でつぶやいたとき、西村が唐突《とうとつ》にいった。

「お前さ。六年の頃、堀川《ほりかわ》さんが好きだったんだろ？」

だしぬけにその名を出され、面食らった。

彼女の当時の顔を思い出すのに苦労はしなかった。

堀川ゆかり。小学五年と六年でクラスにいた。卓球部で活躍していた小柄な少女だった。六年三組の教室で、彼女は自分の前の席にいた。ドキドキしながらよく後ろ姿を見ていたのを憶えている。

幼い頃から近所の女の子たちとはよく遊んでいた。とりわけ〈松浦商店《まつうら》〉という駄菓子屋のひとり娘だった同級生と仲が良かったが、その頃はまだ思春期前だった。

だから、生まれて初めて異性を見初《みそ》めたのは、やはり堀川ゆかりだったと記憶する。

それが初恋だったのだろう。もっとも、告白どころか、手をつないだ記憶すらないが。

「あの頃、お前がいっつも意識してあの子を見てたの、気づいてたよ。地味だったが、かわいい子だったじゃないか。家庭事情はあんまり良くなかったようだが」

たしか中学の頃、両親が離婚したことを聞いていた。

「昔を思い出すと、なんとなくだが元気がわいてこんか？」

「ああ。そうだな」

私は苦笑いを浮かべ、また鏡の中の自分の顔に目をやった。

今さらいわれるまでもないが、出版不況が続いて久しい。とりわけベストセラーを出せない中堅作家の私は、これまで以上に本をたくさん出し続けないと生活ができない状況となっている。そのため、ろくに休みも取れない毎日を送っていた。

「思い切って時間を作ってさ、故郷に行ってきたらどうだ。少しはリフレッシュできるかもしれんぞ」

「リフレッシュか」

私は小さく肩を上下させ、そっと吐息を洩らした。

突然、西村に黙って肩を軽く叩かれた。

子供の頃、よくトンボにそれをやられたものだった。「元気出せよ」といわれながら。

振り返ると、西村は背を向け、トイレを立ち去るところだった。

ドアが閉まり、私はまた独《ひと》りそこに取り残された。

鏡の中にヒビ割れたような自分の顔が映り込んでいた。

☆

数日、迷っていた。が、やはり戻ることにした。

西村からいわれたように、久しぶりに故郷を訪れたら、すっかりルーティンをこなすだけになっていた日々の流れが少しは変わるかもしれないと思ったからだ。

中央自動車道から名神高速、そして山陽《さんよう》自動車道へと乗り換えていく。

窓外の景色は錦繡《きんしゅう》に彩られていた。紅葉シーズンの真っ盛りだった。広島に入る前から日が暮れた。それまでかけていた愛用のサングラスを外して、そっと助手席に置いた。

最後に長いトンネルを抜け、岩国インターに入ったとたん、カーナビが〝ルートガイドを終了します〟と告げた。

走行距離はおよそ八百九十キロ。途中、何度もサービスエリアなどで休憩をし、食事や仮眠をとったため、十二時間というロングドライブだった。さすがに疲れ切っていたが、なぜか意識は冴《さ》えていた。

国道二号線を川沿いに下り、観光名所として知られる錦帯橋《きんたいきょう》を過ぎた。河川敷に下りたところにある広い公営駐車場に車を停めた。眼前を錦川《にしき》が流れ、対岸の明かりが漆黒の川面に映って揺れていた。車窓を下ろして肘を載せ、昏《くら》い川の上にぼんやりと浮かぶ五連アーチの木橋《きばし》を眺めた。城山の稜線《りょうせん》にライトアップされた岩国城を見上げながら、私はサービスエリアで買ったまま生温くなっていた缶コーヒーを飲み干した。

たしかにここは故郷だった。

しかしやはりというか、戻ってきたという実感がなかった。

翌朝、投宿していた岩国駅前のシティホテルを出た。

どこへゆくというあてもなかった。故郷の空気を吸い、懐かしい景色を眺めるだけだった。それで西村がいったようにリフレッシュできるかどうかはともかく、生まれ育ってきた街のあちこちを、記憶を頼りに訪ねるしかない。

子供の時分に通っていた小中学校のグラウンドは思った以上に狭く感じられ、通学路沿いにあったブロック塀がやたらと低く思えた。何よりもあの頃、自分が住み、暮らしてきた街がやけに狭く、小さかった。

十九歳のとき、大学の冬休みで帰省し、その夜に些細《ささい》なことで父と大喧嘩《げんか》をした。翌日、東京にとんぼ返りで戻った。それきり父と会うことはなかった。

作家デビューして十年が過ぎ、三十八歳の春に突然、母から電話がかかってきて、長患《ながわずら》いをしていた父が亡くなったことを知った。

久しぶりに帰省して私が見たのは、白木の棺《ひつぎ》の中で花に埋もれた父の死に顔。それから、相変わらずいかめしい顔でこちらを見下ろす遺影だった。

母はそのあと、私を頼ってひとり東京にやってきたが、いつしか年老いて特別養護老人ホームのベッドで朽ち果てるように亡くなった。兄弟もおらず、それきり私はこの土地とは無縁になったはずだった。

かつての生家はずっと昔、土地とともに売却していた。

そのままの姿で残ってはいるものの、今は知らない家族がそこで暮らしている。

＊

国道二号線をたどって川を遡《さかのぼ》った。

大きく蛇行しながら岩国を貫いて流れる錦川は、島根との県境にある莇《あざみ》ヶ岳《だけ》を水源とし、全長百十キロにもおよぶ大河である。

ここは幼少期からの私の遊び場だった。

私はしばしば作品で川を人生に例えることがある。海に流れ込む河口が人の一生の終焉だとすれば、思い出をたどってここまで来た自分にとって、上流に向かうことはごく自然な行為のように思えた。

やがて支流の御庄《みしょう》川に入り、川幅が狭くなると、谷間の静かな地区に車を停めた。

ここには母の実家があり、桑畑《くわばたけ》に囲まれた古い屋敷の別棟《べつむね》二階で養蚕《ようさん》をやっていたのを憶えている。吹き抜けの天井裏、暗い空間に蚕棚《かいこだな》が組まれ、蚕座紙《さんざし》という紙が敷かれた蚕箔《さんぱく》の仕切りの中に、それぞれ白や黄色の楕円形の繭《まゆ》がいくつも転がっていた。

その近くに古いコンクリの橋が架かっていた。

御庄川にかかる思案《しあん》橋で、子供の頃、自分の住む地区から自転車で遊びにくるとき、ここをよく渡ったものだ。母の実家に遠征するのは、たいていは釣りが目的である。その頃の子供たちにとって、夏はカブトムシやクワガタといった昆虫を獲り、さらに一年を通して魚釣りなどが最高の娯楽だった。

車のドアを閉め、斜面の草叢《くさむら》を踏んで、河原に下りてみた。

川は清冽に流れていた。昔とほとんど変わりなく、青空を映しとって輝いていた。

岸辺の草が夏風にかすかに揺れている。

橋の少し上流には、赤く錆《さ》び付いた鉄橋が斜めに川を横切っている。昔は岩日線《がんにち》、現在は錦川清流線と呼ばれるローカル鉄道の軌道だった。

今はもうないが、ここからさらに少し上流には、欄干《らんかん》のない朽ちかけた木橋があった。子供の頃は、その橋の上から眼下を泳ぐ魚を狙って釣りをしたものだ。

岸辺の草叢近くに白い大きな石を見つけて、そこに腰を下ろした。しばし猫背気味になって、川の流れを見つめていた。

淙々《そうそう》と川が流れる音を聞いているうち、いつしか心が穏やかになっていた。

こうした自然の瀬音は、もちろん都会にはまずない。

これが癒《い》やしなのかもしれないなと思った。

ふと対岸を見た。二階建ての木造校舎がポツンとひとつ、錆び付いたフェンスの向こうに見えた。従兄《いとこ》たちが通っていたという学校だった。昔はずいぶんと大勢の生徒がいたそうだが、今は廃校となり、すっかり寂れていた。

ところが妙な違和感を覚えた。

記憶とどこかが違うのである。

「あの学校、こんな近くにあったかな」

そう独りごちたときだった。その学校のフェンス前に、自転車を押してゆっくりと歩く、少年の小さな姿が見えた。

自転車はやけに古いタイプだ。昭和の頃に流行《はや》ったような、ドロップハンドルと変速機がついたスポーツ車だった。後ろの荷台に釣り竿なのか、細い竹の棒が縛り付けてあった。

少年が足を止め、こちらを見た。ふいに片手を挙げて、大きく振った。

私は自分の目を疑った。

それは半ズボンに半袖シャツの小太りの少年だった。足下は裸足にサンダルのようだ。その姿に視線が釘付けになっていた。

「まさか……?」

私は立ち上がった。が、中腰のままだった。

下膨《しもぶく》れの顔。ふくよかなホッペの上に小さな目。坊主頭。天真爛漫《てんしんらんまん》な感じの笑みを浮かべてさかんに手を振っていた。自転車にまたがってペダルを漕《こ》ぎ始めると、思案橋を渡ってこちらにやってきた。

土手道で乱暴に自転車を倒して、草付きの斜面を下りてくる。体をゆするような、そのぶきっちょな走り方は昔のままだった。

少年は私の前に立ち止まり、じっとこっちを見つめた。半ズボンの裾がほつれ、黒い半袖シャツの左肩には泥のような汚れがついていた。

この秋風の中、やけに涼しげな恰好でいることが気になった。

「よお、モリケン。えらい早いのぅ。宿題もせんと、もうここに来ちょったんか」

懐かしい岩国弁だった。

ポンタだ。内山幸太だ。

しかしポンタは、高校二年のとき、バイク事故で死んだ。

「お前、どうして？」

ポンタは私の隣に立ち、ニンマリと笑った。片手に釣り竿を持っている。巻き付けたテグスを解《ほど》くと、岸辺の石をめくって川虫を探し始めた。その姿に向かってこういった。

「ポンタ。学校はどうした」

「何を莫迦《ばか》なことをゆうちょる。もう夏休みじゃろうが」

「夏休み……」

空を見上げた。大きく、真っ白な入道雲が立ち昇っていた。そこに向かって、一条の飛行機雲がゆっくりと伸びている。

そういえばさっきから暑くてたまらなかったことに気づいた。下着の胸の真ん中や脇の下が汗でひんやりと濡れていた。シャツのボタンをふたつ外した。

「ネラミ、釣れるかのう」

いいながら踵《きびす》を返すと、靴を脱ぎ、素足になって浅瀬に入ってゆく。ネラミというのはスズキ科の淡水魚オヤニラミのことだ。ここらの子たちはそう呼んだ。きっと稀少種だったのだろう。めったに出遭えないから、その頃の私たちは夢中になって狙ったものだ。

川面に立ち込んだポンタが振り向いた。

「モリケン。何やっちょる。そこに釣り具があるけえ、お前も川に入らんか」

いわれて気づいた。足下に同じような釣り竿が転がっている。やはりテグスが巻き付けてあった。どうしてだしぬけにそれが出現したのかよりも、私はこのシチュエーションに面食らい、激しく動揺していた。

「早《はよ》ぅ来んと、俺がみんな釣っちゃるど」

そういいながら、ポンタは川の浅瀬のボサ近くに餌《えさ》を放った。

私は釣り竿を見下ろし、またポンタの姿に目をやった。中腰にかがんだポンタの姿が、流れる水面に映って揺らいでいた。

その後ろで小魚が水面に跳ねた。

「ポンタ！　後ろに魚がおるけえ、見てみぃ」

私が思わず発した言葉は岩国弁だった。

「ええけえ。モリケンも早ぅこっちぃ来て釣らんか」

手招きされた私は、靴と靴下を脱いで素足になった。ズボンを膝までまくった。汗だくになっていることに気づき、額を手の甲で拭うと、シャツを脱ぎ、下着になった。

まさに夏休みだ。

私は当時、十一歳——小学六年のおぼろげな記憶のままだった。

浅瀬に入って水中の石をひとつめくった。小さなカワゲラの幼虫が張り付いているのを見つけてむしり、それを鉤《はり》に刺した。尖《とが》った先端が人差し指に少し刺さった。痛い。

「夢……じゃないのか」と、私はつぶやいた。

深みに入る。

素足に冷たい水の感触があった。流心《りゅうしん》を渡り、ポンタの横に立った。

「そこのボサの際に、魚がえっとことおるど」

ポンタがいった。

私たちは釣り糸を垂れた。

「やった！」

興奮して叫んだポンタのテグスの先に、体長十センチぐらいの細長い魚がピチピチと跳ねていた。

アブラハヤのようだ。

「こまい（小さい）が元気じゃのう、そいつ」

私は叫んでいた。

「ほいじゃが、俺らの本命はネラミじゃ。こんなあは雑魚《ざこ》っちゃ」

ポンタは岸辺に置いたプラスチック製の小さなバケツに川の水を汲み、釣ったアブラハヤを入れてから戻ってきた。

ふたりして岸辺に立って深みを狙った。

夢中だった。頭の中にはこれから釣る魚のことしかなかった。

私は幸せだった。今という時間が心地良かった。

——おうい。俺を置いて先にやっちょって。お前ら、こすい（ずるい）ど。

ふいに声がして私は顔を上げた。

対岸の土手道に、痩せた少年が自転車をまたいでこっちを見ていた。

坊主頭の顔を見て私はまた驚いた。

「トンボ……？」

戸田保志だった。

中天《ちゅうてん》からの強い日差しの下で、トンボははっきりとその姿を見せていた。

半ズボンにランニングシャツ。何もかもが、あのときのまま。そうだ、私たちは小学六年。十一歳なのだ。

トンボは自転車を飛ばしてきた。

乗っていたのはブリヂストンのスポーツサイクルだ。フラッシャーと呼ばれる大《おお》仰《ぎょう》な方向指示器が後ろの荷台についていた。砂利道を走れば、それが大げさなほどガタガタと音を立てて揺れた。

思案橋を渡り、こちら岸にやってくると、土手に自転車を停めた。そのまま足で斜面を下りてきた。

私の隣に立った。

右手に釣り竿を握っている。坊主頭の下、真っ黒に日焼けした精悍《せいかん》な顔があった。

優しさをたたえたような目で私を見て、トンボが笑っていった。

「モリケン。お前、なんかちいと変わったのう」

「そうか？」

私は自分の体を見下ろした。安物のスラックスを膝までまくり上げ、シャツはユニクロ。このスタイルがどう見えているのだろうか。

「お前のほうは昔のまんまじゃのう」

私がそういうと、トンボは歯を剝《む》き出してニヤッと笑い、いつものように細い腕を伸ばして、私の肩をポンと叩いた。


トンボは幼い頃から魚釣りの名人だった。

岸辺の岩陰に隠れてそっと竿を出し、深みに餌を入れ、ひょいとしゃくる。それだけで鉤先に魚が躍っている。

「やったど！」

何度目かの声に、私たちはトンボを見た。

彼がいる岸辺の小石の上で縞《しま》模様の魚が跳ねている。

「ネラミか？」と、ポンタが叫んだ。

「ほうじゃ。見てみい」

私は彼のところに走った。

まぎれもなくオヤニラミだった。体長十五センチぐらい。胴体の縦縞はバスにそっくりだが、目の後ろに放射線状に入ったストライプ。エラの後ろにある大きな斑点が特徴で、ここらの子供たちは〝ヨツメ〟と呼んだりもした。

「花、飾ったのう。トンボ！」

私が賞賛すると、彼は鼻の下を指で擦りながら得意げに笑った。

*

「ぼちぼちいぬるか」

トンボがいった。

西の空が夕焼け色に染まっていた。

三人で獲った魚は八尾。すべてバケツから取り出しては石で叩いて締《し》めた。それらを小さなクーラーボックスに入れると、私たちはポンタに渡した。

ポンタの父親は川魚が大好きで、アブラハヤからナマズまで、何でも煮魚にして食べた。ポンタはそれを自転車の荷台に載せ、ゴム紐できつく縛り付けた。

「お前、自転車はどうしたんか？」

トンボにいわれて私は気づいた。

土手道にあるのはふたりの自転車だけで私のはない。

わけもわからず途方に暮れた。

「お前もホンマにドジじゃが、何も自転車を忘れてくることはなかろうが」

笑いながらそういったトンボは、自分の自転車の後ろを指差した。「ええけえ、乗りいや。お前ん家《ち》まで乗せてっちゃる」

「悪いのう」

私はトンボのブリヂストンの自転車の荷台にまたがった。

「俺のズボンのベルトをしっかり握っちょけよ」

「おお、わかっちょるいや」

二台の自転車が土手道を走っていく。

太陽が山の端に没しかかっていた。空がうっすらと昏くなり、たなびく雲がオレンジ色に彩られていた。自転車のふたつの影が、砂利道に長く伸びている。

やがて前方で道が大きくカーブし、鬱蒼《うつそう》とした竹藪のトンネルに入った。

青々と茂った竹林を透かして、夕陽がキラキラと宝石のように輝いている。頭上を見ると、複雑に重なり合う竹の葉叢が、幻影のように揺らぎながら前から後ろへと流れていく。

こんな記憶がどこかにあったような気がする。

私はかすかに眩暈《めまい》を感じながら思った。

トンボは無言で自転車のペダルを漕ぐ。その後ろをポンタがついてくる。

私は茫然としたまま、いつまでも頭上と左右を流れる竹藪のトンネルを見つめている。

それはまるで未来から過去へと続くタイムトンネルのようだった。

竹藪が尽きて視界が大きく開け、ふたたび土手道が大きくカーブしたとき、トンボがブレーキをかけ、自転車が停まった。

ポンタもならった。

「どうしたんか」と、私は訊いた。

「あそこ、堀川ん家《ち》じゃろう?」

トンボが指差すほうを見ると、土手道の下に数軒の家が並んでいる。

その中に木造二階建ての家があった。新築らしく壁の白色が鮮やかだった。小さな庭に柴犬が繋がれていた。尻尾を振りながらこっちを見ている。

「モリケンは堀川のことが好きなんじゃろう？」

だしぬけにいわれ、とっさに応えられなかった。

「お前、いつもあいつをこそっと見ちょるの、知っちょるど」

振り向きざま、トンボは私の肩を突き飛ばすように、またポンと叩いた。「あいつも、お前のことが好きみたいじゃが――」

「ホンマか？」

思わず私がいったそのとき、家の中から声がした。

男の野太い声。

叱責《しっせき》のようだった。柴犬がけたたましく吠えた。

足音がして、玄関の引き戸が横開きに開かれた。

出てきたのはお下げ髪の少女だ。白いサマーセーターにミニスカート。素足で庭先に駆け出してきたと思うと、柴犬の横でしゃがみ込み、顔を覆って泣き始めた。

堀川ゆかりだった。

私はとっさに、トンボの自転車の荷台から飛び降りた。

トンボに左腕を摑まれた。

「やめちょけ。ここから見ちょるだけにしちょかんと……」

「じゃけど……」

トンボは真顔で私を見つめて、小さくかぶりを振った。

彼から目を離し、また家のほうを見た。

少女はそろりと立ち上がると、柴犬に背を向けた。

しょげかえった様子で歩き、家に向かった。

開かれたままの玄関の引き戸から、エプロン姿の和服の中年女性が出てきた。

母親らしかった。

そのエプロンに顔を埋めるようにして、しばし少女は泣いていたが、やがてふたりで家に戻った。玄関の引き戸がそっと閉ざされた。

私は無意識に唇を嚙《か》みしめ、土手の上から一連の様子を見ていた。

「行こうやあ」

力ない声でいい、ポンタが自転車をまたいだ。

私もトンボの荷台にまたがり、二台の自転車が夕陽に照らされた土手道を走り出した。

錦城《きんじょう》橋を渡って錦帯橋の前を通り過ぎ、錦川の左岸を伝って下ってゆく。やがて右手の河川敷に自動車学校があり、その先に愛宕《あたご》橋が見えてきた。

橋の袂《たもと》でふたりと別れることになった。

すでに周囲はすっかり薄闇に包まれていて、街の景色がモノトーンの空間に溶けるように見えた。

トンボとポンタの顔が寂しく笑っていた。

「ほいじゃあのう」

そういって手を振り、トンボが自転車を走らせた。ポンタが後を追った。

私はひとり立ち尽くしていた。

岩徳《がんとく》線の踏切に向かう坂道を下っていくふたりの自転車が、小さなシルエットになって遠ざかっていった。

＊

市民球場に向かう広い道路をゆっくりと歩いた。

左手にある細い坂道を下ると、眼前に田んぼが広がり、二股に分かれた道の間に、ブロック塀に囲まれた平屋造りの家がある。そこが私の生家だった。

窓明かりが闇に滲《にじ》んでいた。その光をじっと見つめた。

そこはたしかに自分の家だった。だが今は違う。売却して人手に渡ったはずだった。

しばし迷ったが、やっぱり行ってみることにして、そっと歩き出した。周囲の田んぼのあちこちから、カエルの声が不協和音のように重なって聞こえてくる。

ふいに小さな碧《あお》い光がふわりと草叢から漂った。

驚いて立ち止まり、目をやると螢《ほたる》だった。

それは儚《はかな》げに光を明滅させながら、迷うようにゆっくりと飛び、田んぼの上を越え、向こうに見える小川のほうへと消えていった。

やがて私は家の玄関前に立っていた。

表札を見て驚いた。《森木》と木札がかかっていた。

ふいにガラス扉が開き、母が姿を見せた。見憶えのあるベージュ色のセーターだった。

立ち尽くしたまま母の顔を見つめ、私は何もいえずにいた。

「健坊。そこで何しちょるんかね。早う、入りんさい。そんとなところにおったら、蚊に刺されるけえ」

母はそういって踵を返し、中に入った。私も続いた。

三和土《たたき》で靴を脱いで板の間に上がった。

自分の部屋の扉を開けると、何もかもがあの頃のままだった。

ベージュ色の厚いカーテン。学習机の上に積み重ねた教科書とノート。押しピンで壁に留められた秋吉台《あきよしだい》土産の三角ペナント。1971年と書かれたカレンダーの中で、おしゃれなファッションでかためた〈ピンキーとキラーズ〉のメンバーが、それぞれポーズを取って笑っている。

――健坊。風呂、沸《わ》いちょるよ。

母の声がした。

私は部屋を出て風呂場に向かった。二槽式の洗濯機が置かれた脱衣場で、もどかしく服を脱いで裸になった。磨《す》りガラスの戸を開き、タイル張りの浴室に入る。

――あんたぁ、いつの間に大きゅうなったけえ、お父さんの下着と寝間着《ねまき》をここに置いちょくよ。

磨りガラス越しに母の声を聞きながら、五右衛門《ごえもん》風呂にゆっくりと浸かった。

湯気の中で何度もため息をついた。そのうちウトウトしてきて舟をこぎ、あわてて顔を上げた。このまま眠ると現実に戻ってしまう気がした。

湯船から出てタイル張りの上に素足で立ち、壁の鏡を見つめた。曇りかけた鏡の中に、十一歳の少年でなく、醜《みにく》く衰えた六十五歳の裸体が映っていた。

八畳の畳の間にカーペットを敷いた居間に、脚が四つついたナショナルの大きなテレビが置いてあった。

父は四角い座卓に向かって座り、ビールを飲んでいた。酒の銘柄は決まっていた。ビールはキリンで、ウイスキーはサントリーレッド。日本酒は地元の黒松《くろまつ》か五橋《ごきょう》だった。それ以外の酒はめったに飲まなかった。気難しそうな皺だらけの顔に老眼鏡をかけ、箸先で鮎《あゆ》の煮付けをつついていた。父に向かってかしこまりながら、寝間着姿で私は夕食をとった。

大きな皿にオムライスが載って、ケチャップがたっぷりとかけてあった。それをスプーンで崩しながら食べた。

私の横で、母もときおり洟《はな》をすすりながら、ご飯を食べ、おかずを口にしていた。

テレビは野球中継を流していた。思い出すかぎり、父に贔屓《ひいき》の球団はなかったし、もちろん母にもない。たんに居間に流れているだけの番組だった。アナウンサーの喧《かまびす》しい声が、少しばかり私を苛立《いらだ》たせた。

父を前に、ずっと何もいえずにいた。

ひたすらかしこまっていた。昔からそうだ。そうやって、けっきょく互いを理解しないまま、父とは死に別れたのだった。

「元気でやっちょるか」

声をかけられ、少し緊張した。

老眼鏡を鼻の途中までずらし、父が上目遣《うわめづか》いに私を見ていた。

いつの間にかテレビが沈黙していた。静寂の中、隣の部屋から柱時計らしいカチカチという音が聞こえている。

「なんとかやっちょる」と、私は応えた。

「そうか」

父が頷《うなず》いた。

それきりまた父は下を向き、鮎の煮付けをつつきながら酒を飲んだ。

ビールを手酌《てじゃく》でグラスに注ぎ、あおった。

その姿を見ているうちに、いたたまれない気持ちになってきた。隣で母がさかんに洟をすする音が聞こえていた。

「親父」

声をかけると、父がまたこっちを見た。「なんじゃ」

「一度、詫《わ》びようと思うちょった」

「なんかわしに謝ることがあるんか」

私はしばし考えた。唇をギュッと噛み締め、また父を見た。

「あんとき、なして親父と大喧嘩やって飛び出したんか、ちいとも記憶にないんじゃ。じゃけど、あれきり、長いこと親父とは会えんかった。そのまま親父は逝《い》ってしもうた。死に目にも会えんかった。そのことが今でも気になってしょうがない」

父は皺だらけの顔で私を凝視していた。

が、ニコリともせずに、また酒をあおった。

「親子っちゅうのはそういうもんじゃろ」

「ええんか、それで」

父は頷いた。傍《かたわ》らに置いていたグラスをとって、私の前についと出してきた。

「お前とサシで飲むのは初めてじゃのう」

私は父を見た。かすかに笑っていた。

「ほいじゃが、親父……」

「ええけえ、飲め」

グラスに乱暴にビールが注がれた。

白泡があふれそうになったのであわてて口をつけてすすった。

ビールを飲み干すと、また親父が注いできた。私も親父のグラスに注いだ。

それから日本酒、ウイスキーも飲んだ。

いつしか私は酩酊《めいてい》していた。父もしたたかに酔っ払っていた。

襖《ふすま》で隔てられた広い仏間に、布団が用意されていた。

古い、大きな柱時計が、カチカチと時を刻んでいた。寝間着姿で仰向けになって、昏い天井を見ながら思った。こんなに安らかな気持ちで布団に入ったのは、いったい何年ぶりだろうか。

ふたりで飲みながら何を話し合ったか、よく憶えていない。

だが、そんなことはどうでもよかった。ただ父といっしょに飲めた。語り合えた。

それだけで満足だった。

そうしているうちに、意識が遠のいていった。

☆

ハンドルに額を押しつけていた。

ゆっくりと身を起こした。

車窓の外はしらじらと夜が明けている。鳥の声が聞こえていた。薄闇が光に払拭《ふっしょく》されようとしていた。

ふいに寒さに身を震わせた。車窓の外に秋色に染まった木立が見えた。その手前を細い川が流れている。

御庄川だった。

キーをひねってエンジンをかけた。ヒーターが車内を暖めるまで、じっと待ち続けた。

目の前を静かに流れる川を見つめながら、私は思いをめぐらせた。

東京の同窓会のとき、亡くなったと知らされたトンボに、この川で再会した。のみならず、高校生の時分にバイク事故で亡くなったはずのポンタにも逢えた。

いったいどういうことだったのだろうか。

夢に意味はないかもしれない。しかし、これは違うような気がした。

お互いに相容《あいい》れぬまま別れ、それきりだった父。

ふたりで酒を酌《く》み交わし、語り合った記憶が、生々しくよみがえってくる。

すべてに共通するのは死という出来事だった。

みんな、今は死んでいる。

堀川ゆかり——もしや彼女もそうなのかもしれない。

サイドブレーキを解除し、アクセルを踏んだ。細い土手道を走り、私は川の下流に向かって車を走らせた。

竹藪のトンネルが、車の上を無限に流れていった。


市街地を抜ける細い舗装路を走っていると、道の左手にぽつんとコンビニエンスストアがあった。空腹と喉の渇《かわ》きをおぼえていたので、駐車場に車を入れて停めた。

店内は客がまばらだった。飲み物と車中で食べられるようにサンドイッチなどをバスケットに入れ、レジカウンターに持っていった。

「いらっしゃいませ」

声をかけてきた年配の女性店員と目が合った。

「あら」と、彼女がいって、目をしばたたいた。

その丸顔に見憶えがあった。バーコードリーダーを持つ手が止まっていた。

茶色に染めた髪を後ろで束ねているが、少しばかり白髪《しらが》が交じっている。

「もしかして、森木君？」

躊躇《ちゅうちょ》してから、頷いた。

私はまじまじと見つめた。胸の名札に〈堀川〉と記されていた。

「びっくりしたわあ。ホンマに森木君なんじゃねえ。久しぶりじゃねえ」

あの頃のままの口調だった。

何かをいおうとしたが、言葉が思いつかなかった。

あまりに唐突な再会だった。

「俺、老《ふ》けたろ？」

口にした直後、莫迦なことをいったと後悔した。

少し間を置いてから彼女がいった。

「うん。老けたねえ。じゃけど、あのときの面影がよう残っちょってじゃね」

「元気だったか」

「いろいろと苦労したけど、まああっちゃ。森木君も東京で小説家をしよって
じゃっちゅて聞いたけど？」

「何とかかんとかやってる」

「良かった」

堀川ゆかりは俯《うつむ》いて、少し恥ずかしげに微笑《ほほえ》んだ。

それから、バスケット内のサンドイッチや飲み物を手馴《てな》れた様子でレジに通した。

「千二百四十八円になります」

営業口調に戻っていた。

私は支払いを済ませ、レジ袋を受け取った。

これ以上、何を話せるでもなく、店を出るしかなかった。

「ありがとうございます」

声を聞いたとたん、胸の奥が締め付けられるような寂しさを感じた。

踵を返し、私は彼女を見た。「今でも、堀川さん……なんだ」

「うん。いろいろ、あった」

「そうか」

向き直り、歩き出した。

「あのね」

彼女の声を聞いて足を止め、また振り向いた。

「また、いつかこっちに帰ってきてね」

そういって胸の前で小さく手を振った。

少女の頃のままの仕草に、私は微笑み、頷いた。

自動ドアを開き、店の外に出た。

駐車スペースに置いた車のドアに手をかけ、そっと肩越しに見た。

ガラス扉の向こう、レジカウンターに立っている彼女の姿があった。

大きな瞳でこちらを見ている。

次の瞬間、若い男性客がレジ前に立ち、ジャンパーを着た背中の向こうに、彼女の姿が見えなくなった。

――いらっしゃいませ。

店内から彼女の声がした。

私はドアを開け、車に乗り込んだ。

エンジンをかけ、カーナビに自宅までのルートを表示させると、そっとアクセルを踏んだ。後ろ髪を引かれる気持ちを感じながら、高速道路のインターを目指した。

俺たちのロングウォーク

乱暴な轟音を立てて、右の追い越し車線を大きなトラックが前方に抜けていった。真横からぶつかる風圧で一瞬、車が左右にぶれそうになる。

何しろこちらは軽自動車だ。高速道路とはいえ、速度は出ないし、車体も軽い。だから必死にハンドルを握っている。そんな私の横——助手席で二十四になる娘が寝息を立てていた。

大学を卒業し、社会に出て働くようになると、多忙という事情で親元には目も向けなかった娘なのに、なぜかこの春、会社の休みを利用して「お父さんの生まれ故郷に行ってみたい」といいだした。もちろん父としては断る理由もなく、むしろ望むべきものだったので、ふたつ返事でオーケーを出した。

都内の我が家から故郷の山口県岩国《いわくに》市へ向かう。ふつうならば、飛行機か新幹線だろう。私はいつも愛車での帰郷にこだわった。もとよりこの軽自動車は私の〝足〟だったし、相棒でもある。しかしそれ以上に意味があると思っていた。

これは旅である。どこまでも道をたどり、苦労の末、ようやくゴールにたどり着く旅程こそが重要なのである。

夜明け前に出発したが、朝から晴れ渡り、気持ちが良かった。私たちの車は春風を突いて高速道路を走り続けた。

半日ずっと運転していたが、気分は高揚《こうよう》していた。

こうして故郷を目指して車を走らせているといつもそうなのだが、心が自分を離れ、体よりも先に帰っていることに気づく。しかも今現在の故郷ではなく、あの頃の懐かしい街に自分がいる。

幾多《いくた》の思い出が走馬灯のようによみがえり、現れては消える。

「お父さん……」

助手席から声がし、私は視線を向けた。

娘が目を覚ましていた。

「ずっと運転してて疲れてない？」

「大丈夫。さっきサービスエリアでちょっと仮眠とったし、まだまだ元気だ」

そういって私は笑う。

「でも、どうして？　羽田《はねだ》空港から飛行機に乗ればすぐに着くのに、わざわざ車って」

「実は飛行機が嫌いなんだ」

「登山だってしてるのに高所恐怖症？」

「というか、自分の足が地に着いてないのが不安なんだ」

「ふうん」

娘はあまり興味がなさそうにカップホルダーに手を伸ばし、缶コーヒーを少し飲んだ。

「それにこうして小さな車でロングドライブをするって、たしかに疲れるけど、嫌いじゃないよ。旅をしている感じがするし、目的地が少しずつ近づいてくるって、なんだかわくわくする」

ハンドルにかけていた右手を離し、私は親指の腹で小鼻をこすった。

子供の頃からの癖だったことをふと思い出した。

抜けるような蒼穹《そうきゅう》の下、道路は一直線に彼方に向かって続いている。

一九七二年の夏、私たちは小さな冒険をした。

あの日の空も、今日のように、どこまでも蒼《あお》く澄み切っていた——。

☆

南の空に大きな入道雲がわき上がり、米軍機の轟音が楠《くすのき》並木の向こうから聞こえていた。

滑走路を発着するF4ファントムやA6イントルーダーといった海兵隊所属の軍用機が、ジェットエンジンを噴かす野太《のぶと》い音である。

基地の街、岩国にとって、夜間のサーチライトとともに、この耳障《みみざわ》りな音はすっかりおなじみになっていた。

十二歳。中学一年になった年の夏だった。

岩国市を貫いて流れる錦《にしき》川が、瀬戸内海に注ぐ手前で二手に分かれる三角州の頂点付近に、全長約二百八十メートルのコンクリの平坦な堰堤《えんてい》が築かれている。満潮時、河口から遡《さかのぼ》ってくる潮水を止めるためのもので、地元民からは井堰《いせき》と呼ばれていた。

ここは夏の間、水泳に釣りにと、私たち子供の恰好の遊び場となっていた。近所の大人たちも日曜日などはここにやってきて泳ぎ、コンクリの上にビーチマットを敷いて寝転んだり、ピクニック気分でパラソルを立てたりしていた。

水中に垂らしたテグスが揺れ、かすかにクイッと引き込まれた。

すかさず合わせた。

ゴツゴツしたコンクリの消波ブロックの上に、釣り上げた魚を横たえる。七センチぐらいのハゼ科のゴリが飛沫《しぶき》を散らしながら尾ビレを振って、ピチピチと跳ねている。

「大物が釣れたどー」

隣で胡座《あぐら》をかくノッポに私は興奮の声を飛ばす。無意識に右手の親指で小鼻をこすった。

「おー。ぶちでかいのう」

鼻の途中までずり下がっていた黒縁眼鏡を指先で上げ、ノッポが笑った。

小学校以来の親友、北山《きたやま》登《のぼる》。長身痩軀だから渾名《あだな》はノッポ。

私は森《もり》木《き》健一《けんいち》という名だから、モリケンと呼ばれていた。

ふたりとも海パン姿だ。

七月十九日。中学の一学期の終業式が終わった日の午後だった。

すでに土日のたびに川で泳いでいたため、私もノッポも痩《や》せ細った体がこんがりと日焼けしている。ともに小学校から中学に上がってくりくりの坊主《ぼうず》頭になったが、やっと恥ずかしさがなくなった頃だった。

ゴリ釣りに竿はいらない。駄菓子屋で買った井桁《いげた》型の仕掛け巻きで、そこから解《ほど》いたテグスに小さなガン玉を噛ませ、鉤《はり》を水中に垂らす。

釣ったばかりのゴリは、傍らに置いていた石でつぶし、その白身を少々鉤先につけている。残酷なようだが、これが地元式の釣り方である。

「明日は俺らの冒険じゃの」と、ノッポがいう。

「朝の六時に市民球場広場に集合じゃ」

「早起きせんといけんのう」

「遅刻厳禁じゃが、どうせまたムラマサは寝坊しそうじゃの」

苦笑いしたとたん、また水中からクイッとテグスが引かれ、私は無意識に二尾目のゴリを釣り上げていた。

*

一週間前のことだった。

市立西岩国中学一年三組の教室での昼休み、私は隣席にいる酒井《さかい》という同級生とちょっとしたいい合いになった。

酒井は丸顔にニキビを散らした小柄な少年で、もとより口が悪く、相手の話の腰を折ったり、揚《あ》げ足取りばかりしてくる癖があり、前々からいけ好かない奴だと思っていた。

一日でどれだけの距離を歩けるかという、他愛《たあい》のない話題から始まった。

当時、開通したばかりの新しいバイパス道路を通って、さらにその先の国道をたどり、四十キロも離れた徳山《とくやま》まで歩いて行ってみたいと、そんな夢を冗談ごとのつもりでいったら、軟弱なお前にできるはずがないと茶化され、思わず意固地になった。

「見ちょれ。行っちゃるけえの」

今にして思えば脊髄《せきずい》反射的な単純思考もいいところだが、純粋な夢をおちょくられた腹立たしさに、なけなしのプライドというか、意地が許さなかった。

「どうせ歩きじゃのうて、岩徳《がんとく》線の列車に乗ってズルするんじゃろ?」

意地悪な笑みを浮かべる酒井をにらみつけ、私は怒気《どき》を放った。

「ズルはせんちゅうて誓《ちこ》うちゃる」

私の突っ張った声に反応したのがノッポで、「俺もモリケンと行くど」と同調。

さらに小学校以来、ふたりの親友だった村尾将人《むらおまさと》も加勢を宣言。ムラマサという渾名通り、破天荒《はてんこう》な性格でトラブルメーカーだったが、われわれ三人は大の親友同士だった。

さて、この〝英雄的〟宣言はたちまち周囲の話題となり、困ったことにその日の放課後には、計画が同じ三組の不良、原島達哉《はらじまたつや》の耳に入ってしまう。

「わしも同行するけえの」

同行していいか、ではなく、同行すると端《はな》からいうのがいかにも彼らしい。

原島は相撲《すもう》取りみたいに大柄で顔がでかく、素行も悪い問題児。のちに担任教師から〝ハラバカ〟という立派な渾名を頂戴《ちょうだい》することになる。

私とはかつて近所同士だったこともあったが、とかく粗暴《そぼう》、自己中心的な言動のおかげで友達がおらず、いつも孤立していた。今ではすっかり敬遠する相手である。にもかかわらず、こういうふうに何かと私に絡《から》んでこようとする。

原島の家は中学校の運動場のすぐ際にあって、昭和初期に建てられたとおぼしき、かなり古めかしい二階建て家屋だった。

ある日のこと、私たちのクラスはちょうど体育の授業でバスケットボールをやっていた。どちらかというと運動が苦手な私が、このスポーツだけはなぜか得意で、けっこうシュートを決めて仲間の拍手を受けたりしていた。

そうした生徒たちの歓声とは別に耳障りな音に包まれていたのは、グラウンドに面した原島の家の隣の敷地で、業者による取り壊し作業が行われていたためだ。大きな重機が入り、長いアームの巨大なパワーショベルが二階建て家屋を解体していた。その破砕《はさい》音とモーターの駆動音が入り交じり、かなりの騒音となっていた。

異変が起こったのは間もなくのことだ。

それまでずっと続いていた解体作業の騒音とは明らかに違う、いわば異音とも呼ぶべきすさまじい轟音が中学のグラウンドを揺るがし、バスケットコートの私たちはいっせいに動きを止めた。

見れば、解体作業をしていた巨大な重機のパワーショベルがモーター音とともに旋回しながら、ゆっくりと隣家の二階部分を横薙《よこな》ぎに払っているところだった。

「見ぃや！　原島の家が――！」

興奮気味に絶叫したのはムラマサだった。

全員の目の前、原島家の二階がバキバキとすさまじい音を立てて押しつぶされながら、一階部分から削がれるように、スローモーションとなって傍らに崩落《ほうらく》していった。たちまち巻き上がる土埃《つちぼこり》の中、重機はやっと駆動を停止し、運転台の扉が開いてヘルメットをかぶったオペレーターがあわてふためいて飛び出してくるのが見えた。

「原島ん家《ち》が平屋になってしもうた……」

茫然とつぶやく私の横で、原島本人は言葉もなく立ち尽くしていた。

いつも無表情な大きな顔は変わらぬまま、崩壊した自宅を見据えつつ、両手に握られた拳が震えていたのをよく憶えている。

あとでわかったことだが、重機を操縦していたオペレーターの操作ミスではなく、整備不良による機械の誤作動だったらしい。

ともあれ怪獣の腕のような巨大なパワーショベルで家屋を半壊させてしまったことで、解体業者は警察などの取り調べを受け、結果として全面的に過失を認めて賠償《ばいしょう》をすることになり、その秋に原島一家は別の場所に引っ越しをした。

さいわい、事故当時、家には家族が誰もおらず、死者も怪我人も出なかった。

そんなわけで、原島は冒険行に同行する余裕がなくなり、メンバーから外れたのだった。

*

夏休み一日目の朝、六時前。まだ涼しいうちに家を出て、私は集合場所に向かった。

我が家の近く、岩国市の市民球場である。

当時、グラウンドの管理人だった植田《うえだ》という男性が独《ひと》り住む平屋がゲート近くの広場にあって、駐車場の管理人も兼ねていた。その家の傍《そば》に置かれた錆び付いたベンチに、猫背気味に座る坊主刈りの少年の姿があった。白のワイシャツに地味なズボンを穿《は》いていた。

私の足音を聞いて顔を向けてきた。

「よお」と、似合わぬ笑みを浮かべ、片手を上げた。

驚いた。

隣の四組の百井重雄《ももいしげお》である。

渾名はモゲといい、色黒で唇が厚い特徴的な顔をしている。当然のことながら、私たちの計画とは無関係で、たまたま彼がここにいるのだとばかり思っていた。

しかし考えてみると、モゲの家は室《むろ》の木《き》といって、ずいぶん遠いところにある。

「お前ら、徳山まで歩くちゅうとったが、わしも混ぜてくれんか」

だしぬけにいわれて驚いた。よく見れば、傍らにリュックが置いてある。

「なしてお前が？」

モゲはすぐには応えず、渋い顔で俯いている。

私はそんな彼の様子をしげしげと見つめた。

いつも教師に隠れて煙草を吸っているため、人差し指と中指の先がヤニで黄色いうえ、そこはかとなく煙の臭いがしていた。

モゲは原島とは違ったタイプの不良である。

原島はどちらかといえば虚勢型《きよせい》だが、モゲは実行型だ。父親がヤクザの組長をしているという噂もあった。ふだんは地味で無口で目立たない存在だが、いざことに及ぶと別人のように暴力をいとわない。

小学生の頃、他の生徒と喧嘩《けんか》をする場面を何度も見たことがある。腕っ節が強いのか、寡黙《かもく》なまま拳を振るい、相手が血を流すか、泣き出すかするまで殴る蹴るをやめなかった。それを見て私は少し恐ろしくなったものだ。

当然のように友達はおらず、原島同様、周囲から敬遠されていた。

そんなモゲを見つめながら立ち尽くしていると、ノッポがやってきた。細身の脚にストレートのジーパンが似合っていた。私といっしょにいる相手に気づいて、彼がいった。

「モゲ。何のつもりじゃ」

本人が顔を上げ、うっすらと笑う。「ノッポ。わしも連れていってくれんか。足手まといにならんようにするけえ」

ノッポが口ごもり、私も言葉がない。

そこにちょうど、リュックを背負ったムラマサが走ってきた。ラッパのジーパンに赤いTシャツ。胸のところに当時〝ニコニコバッジ〟と呼ばれたスマイルマークのブリキバッジを付けている。私たちといっしょにいるモゲを見て驚いた。

「おお、モゲ。お前もいっしょに行くんか」

「悪いのう。混ぜてもらうど」

ムラマサが笑みを浮かべ、黙ってモゲの腕を叩いて「ぎひひっ」と笑った。

かくして、予定外のひとりを含むわれわれ四人は、新しい道路をたどって歩き出した。

舗装されたばかりの路肩を縦一列になり、西を目指して進む。

先頭はムラマサ。続いてノッポと私。しんがりにモゲがついた。

私はやはり後ろを歩くモゲのことが気になって仕方ない。そこに存在感あるいは違和感があって、肩越しに振り向きたいのだけど、目が合うのが怖い。そんなわけで意《い》気揚々《きようよう》としてスタートするはずが、すっかり気が重くなっていた。

私たちが住んでいた牛野谷《うしのや》という地区を離れると、その先は山間を抜ける峠道《とうげみち》である。

当時、この道路は欽明路《きんめいじ》バイパスと呼ばれていた。

正式には山口県道一五号岩国玖珂《くが》線という呼称となっている。山口県土木建築部の資料によると、一九七二年四月一日に開通したと書かれている。

もともと岩国から徳山に向かう主幹線である国道二号線が城山の北側を大回りに迂《う》回《かい》するルートで、しかも急峻《きゅうしゅん》な山道ゆえ、とりわけ積雪期は通行困難になってしまう。そのため、岩国市内から欽明路峠にあるトンネルをいくつか抜け、まっすぐ西に貫通する道路を新しく作った。ゆえに欽明路バイパスと呼ばれた。当初は県の道路公社が管理する有料道路だった。

全長約十二キロメートル。終点は玖珂町丈六《じょうろく》の野口《のぐち》交差点だが、私たちは、そこからさらに徳山までおよそ三十キロの県道をたどる。全行程四十二キロを半日で歩き通すという計画で、今にして思えば無謀《むぼう》もいいところだった。

道幅は七メートルの二車線。時速五十キロ制限。開通式以来、すでに一般車の通行が始まっていた。岩国市民には開通記念で無料通行券が配られたということだが、当時まだ交通量はさほど多くはなく、路肩を歩くわれわれの傍を、たまにトラックや普通車が通り過ぎるぐらいだった。

川西《かわにし》という地区で山道がいったん終わり、交差点で道路は左にカーブし、また本格的な峠道となる。その登り始めの路沿いに自販機コーナーがポツンと孤立していた。有料道路ができてまもなく設置されたと記憶している。私たちは最初の休憩がてら、立ち寄った。もちろん歩きながら、あるいは休憩のときに飲む缶飲料の購入が目的だったが、もうひとつ入手すべきものがあった。

黄色い角形の自販機に〈カップヌードル〉と書いてある。

今でこそ当たり前にあるカップ麺《めん》だが、日清食品が初めてこのカップヌードルを発売したのが前年の七一年だった。

「さすがに高いのう。チキンラーメンでも買《こ》うてくるんじゃったのう」

つぶやきながらノッポが百円玉を投入する。たしかに高い。袋麺が三十五円の時代に百円の売値である。

ゴトンと音を立てて落ちてきたカップ麺を取出口から引っ張り出し、リュックの中に入れた。続いて私がひとつ買ったあと、ムラマサがふたつも買った。

「おまえ、そんとに（そんなに）腹が減るんか？」とノッポが訊く。

「わし、朝飯食うてきちょらんけえ、今、ひとつ食うっちゃ」

ムラマサはそういいながらひとつのビニール包装を破り、自販機正面の左側にある半透明の扉を開け、中に立てた。

『お湯』と書かれたボタンを押すと、斜めにカットされたノズルが自動で下りてきて、紙蓋《かみぶた》の真ん中に突き刺さって孔《あな》を開ける。ノズルが少し引っ込んだと思うと、そこから熱いお湯をチョロチョロと流し始めた。

「立て方が悪かったんとちがうか」

ノッポが指差した。

自販機の中に立てたカップ麺の孔に落ちるはずのお湯が、湯気をくゆらせながら、ほとんど紙蓋の上にあふれ、流れてしまっている。ムラマサが適当に立てて、カップが斜めになっているせいだ。

ところがムラマサは、いつもの「ぎひひっ」という笑いを見せ、いった。

「どうせ腹に入りゃ、同じじゃろう。胃袋でふやけるけえの」

こういうアバウトなところが、いかにも彼らしい。

扉を開き、カップを取り出した。紙蓋を開いて透明なプラスチック製フォークで半乾きの麺をすくっては口に入れ、バリバリと音を立てて嚙んでいるのを見て、私は思わず肩をすくめた。

「お湯を入れたら三分待て、っちゅうて書いちょるじゃろうが。そうやって半生《はんなま》で食うちょったら腹壊すど」

「せわない（心配ない）。わしの腹は鋼鉄製じゃけ。ぎひひっ」

あっという間に食べ終えたムラマサは、空のカップ容器をバキバキに壊して、傍らのゴミカゴに放り込んだ。

「マイ、カップヌ〜ド〜ル〜♪」

テレビのCMソングを口ずさみながら、足下に横たえていたリュックを背負うムラマサを、ノッポとふたりして呆《あき》れて見ていた。

モゲは離れた場所の黄色いガードレールに腰をもたせかけ、煙草を吸っていた。ひとりだけカップ麺を購入していない。

「昼飯、どうするんね」

歩み寄った私の前で、モゲは足下に吸い殻を落として運動靴で踏み潰した。

「握り飯をこさえて持ってきた」

「ちゃっかりしちょるのう」

私の隣に立ったノッポがまた呆れ顔でつぶやいた。

だらだら坂がずっと続いていた。

路肩には白線とともに黄色いガードレールが設置されている。黄色というのは山口県独自のデザインだった。視認性の良さと景観整備の一環というのが理由で、県の特産である夏みかんの色に統一されたという。

ムラマサはどこかで拾った木の枝で、このガードレールをガンガン叩きながら歩いた。

車は間隔を空けては何台かが横をすり抜けるように通過する。アスファルト舗装が新しいおかげで、埃が立たないのはありがたかった。

やがてバリバリと爆音がして、私たちの後ろからバイクが二台走ってきた。

派手な柄のアロハシャツを着た若者がそれぞれに乗っていた。シャツの下にはダボダボの軍用ズボン。黒い革ブーツ姿でそろえたバイク乗りがふたり。いずれも頭髪にパーマをかけ、ひとりはソバカスを散らした顔に細身のサングラス、もうひとりは痩せ顔に切れ長のいやな感じのする目をした奴らだった。

今でいう暴走族のハシリのような連中で、昔はカミナリ族などと呼ばれていたが、いわゆるバイクに乗った不良の類《たぐ》いである。

「坊主ども。どこへ行くんか?」

二台のバイクが傍らに停まり、ひとりが声をかけてきた。

「徳山まで歩いていこうと思うちょります」

少し緊張して私が応えると、バイク乗りの若者がソバカスの顔を歪めてニヤッと笑った。

「まあ。頑張《がんば》れや」

ふたたびエンジンを吹かし、二台はあっという間に前方に走り去っていく。

私はホッとしたが、ムラマサだけは興奮気味に、「ありゃ、ヤマハのスクランブラーっちゅう奴じゃ。カッコええのう！」とまくし立てていた。

＊

――うぅわさを信じちゃいけないよ～♪

前を歩くムラマサが、奇妙にひねった声で歌っている。その声がトンネルの中にエコーをともなって響いているので、思わずノッポと笑い合った。

最初の川西トンネルである。けっこう狭くて暗い中を、車がライトを灯《とも》して行き過ぎる。

「山本《やまもと》リンダの歌か」と、壁際ギリギリを歩きながらノッポが訊いた。

「ほういや（そうだ）。ヘソ出しルックのお色気がわしのハートを直撃っちゃ」

ムラマサが腰をくねらせ、ポーズをとったので、思わず私は大笑いした。

ちょうどひと月前に出たばかりの新曲〈どうにもとまらない〉である。これがたちまちヒットし、テレビを点けるとどのチャンネルでもこの歌が流れていたような記憶がある。

もっとも、山本リンダのようなセクシー系は、初心《うぶ》な私には刺激が強すぎたので、どちらかといえば清純なアイドルに目が行った。

当時、〈時間ですよ〉に出ていた天地真理《あまちまり》が好きだったし、南沙織《みなみさおり》はもっと好きだった。

それにしても、長々と単調な歩きをしていると、やはりいろいろなことが思い浮かぶ。

山本リンダではないが、中学一年にもなると多少は色気づいてくるし、いやでも異性に興味が湧く。

歩きながら、学年の女子で誰が可愛いかという話になっていた。

「わしゃ、五組の小林葵《こばやしあおい》じゃと思う」

ムラマサが嬉しそうにいう。「ありゃ、きっとミス西中っちゃ」

「痩せすぎじゃろ。もうちいとポッチャリしたほうがええんと違うか」

ノッポが笑った。

「ほいじゃあ、誰よ」

「四組の新山伸代《にいやまのぶよ》っちゃ」

「ノッポはあんとなブスが好きなんか」

私は前を歩くふたりの会話には加わらなかったが、自然と幼なじみの遊び相手だった松浦陽子《まつうらようこ》のことを考えていた。

家の近くにある駄菓子屋のひとり娘で、幼稚園の頃からずっといっしょだった。家族同士で柳井《やない》港からフェリーに乗り、四国の松山《まつやま》に旅行に行ったこともある。

実は小学六年のとき、同じクラスにいた別の少女を見初《みそ》めていた。おそらくそれが私にとっての初恋だっただろうが、二次性徴《せいちょう》が訪れる前だったゆえか、恋愛という自覚がないまま終わり、いつしか中学生になっていた。

お下げ髪に肩紐付きスカートだった陽子が濃紺のセーラー服を着たとたん、異性として意識するようになった。互いに恥じらいがあってか、急に目を合わせなくなった。何度か会話を試みたりもしたのだが、ふたりとも顔を赤らめて視線を逸《そ》らしてしまうのである。

そのことで独り悩んだりもした。このまま疎遠《そえん》になっていくのかと考えると、胸が苦しくなったものだ。

ふと、最後尾を歩くモゲを振り返った。

さっきから臭いがすると思ったら、口の端に煙草をくわえながら、モゲは黙って歩いているのだった。当然、異性の話なんぞに興味もなさそうだった。

続く柱野《はしらの》トンネルを抜けると、やがて道路はゆるやかな下り坂となった。ときおりかすめるように行き過ぎる車はけっこう飛ばしている。

右のガードレールの向こう、谷間に点々と家屋が散在しているのが見えた。ここらは柱野と呼ばれる地区で、かつて私の母方の実家がこの近くにあったので、岩徳線の列車に乗ったり、自転車を走らせたりして遊びにいっていた。

昭和三十年代末頃までその家は養蚕《ようさん》をやっていて、周囲は広大な桑畑《くわばたけ》。母屋から離れた別棟に蚕棚《かいこだな》があったのを憶えている。

近所を流れる小さな御庄《みしょう》川にはオヤニラミが棲息していた。地元では〝ヨツメ〟あるいは〝ネラミ〟と呼ばれ、木橋の上から釣りをし、また、膝まで冷水に浸かりながら網ですくって獲っていた。

単調な歩行は飽きてくる。

ムラマサは子供っぽくスキップをしたり、後ろ向きになって歩いたりと、ひとりおふざけをしているが、私とノッポはそんな気にもなれず、胸の前で腕組みをして俯きがちに黙然《もくねん》と歩いた。

しんがりを歩くモゲは相変わらず無言のままだった。それが気になって仕方ない。ろくに交流もない孤独な不良少年が、どうしてこんなことに同行を申し出たのか。いっそ訊いてみたい気もしたが、やはりなかなか言葉にできずにいた。

「なんか寂しいけぇ、みんなで歌でも歌わんか」

ムラマサの声に、先頭のノッポが歩きながら振り向いた。「山本リンダはなしじゃが」

釘を刺されたムラマサが少しむくれている。

けっきょく人気テレビドラマの主題歌、青い三角定規《じょうぎ》の〈太陽がくれた季節〉をみんなで歌った。モゲは外れていたので声を合わせるのは三人だ。

間奏の部分になるとノッポが口笛を吹こうとしたが巧《うま》く吹けない。

「ノッポは相変わらず口笛が下手くそじゃのう」

私とムラマサが笑う。

＊

岩徳線の鉄橋をくぐり抜けた先に広い更地《さらち》を見つけ、そこで休憩となった。剝《む》き出しの地面に建設会社の名が書かれた看板が立てられており、〈ドライブイン欽明路　建設予定地〉と読めた。峠道を走る車のドライバーたちに食事を出す店ができるらしい。その看板の前に車座《くるまざ》になった。

やけに右足が痛むと思ってズックと靴下を脱ぐと、踵《かかと》に大きな水ぶくれができていた。

「モリケン。そりゃ、靴擦れじゃ。ひどいのう」

気の毒げに見ながらノッポがいった。

水ぶくれは今でいう五百円玉ぐらいの大きさがあり、白くふやけた皮の上から触るとぶよぶよとへこんだ。水がたまっているようだ。

「どうすりゃええんか」

「〈冒険手帳〉に書いてあったじゃろ。湿り気が大敵じゃっちゅうて。靴下の中で汗をかいちょったけえ、そうなったんよ。あらかじめ石鹼をすり込んどきゃえかったのう」

ノッポがいう〈冒険手帳〉というのは私たちのバイブルとなっていた本で、谷口尚《たにぐちひさ》規《のり》による楽しい文章に、漫画家の石川球太《いしかわきゅうた》がユーモラスな挿絵《さしえ》を描いていた。

野外での遊び方からサバイバルの知識など、文字通り冒険のノウハウがわかりやすく紹介してあって、繰り返し読みふけったものだ。この冒険行も、もともとこの本に書かれていた〈歩く〉という章立ての内容が頭にあり、自分からいいだしたことだった。

私はリュックの中にちり紙を入れていたので、それを四つ折りにして患部《かんぶ》に当て、その上から靴下に足を通し、靴を履いた。

立ち上がってトントンと飛び跳ねてみせ、私はいつもの癖で右手の親指の腹で小鼻をこすった。

「ええ感じじゃ」

それから、みんなでポッカコーヒーなどの缶飲料を開けて飲んだ。小腹が空いたため、ノッポが持ってきたかっぱえびせんの袋を破り、めいめいツマミながら、テレビ番組の話に花が咲いた。

〈ウルトラマンA《エース》〉と〈仮面ライダー〉の、どっちが面白いかという他愛もない話題だった。ノッポと私は巨大ヒーローが好きだったが、ムラマサは等身大ヒーローの仮面ライダーのほうである。

「モゲは何の番組が好きなんね」

ノッポが振り返って訊《たず》ねた。モゲは少し離れた場所で胡座をかき、煙草をくわえていた。

相変わらずニコリともしないが、さっきから耳をそばだてていたことに私も気づいていた。モゲはふいに顔を上げていった。

「わしゃ、子供番組にゃ興味がないけえの。プロレスなら見ちょる」

「おお。猪木《いのき》の新日本か」

身を乗り出したのはムラマサだった。

「いんや。わしゃ、馬場《ばば》が好きで、ずっと応援しちょる」

驚いてモゲの顔を見つめた。思えばこのロングウォークを始めて以来、モゲがまっとうに口を利いたのは、これが初めてのことだった。

この年、プロレスの世界は大きくふたつの勢力に分かれることになった。アントニオ猪木の新日本プロレスと、ジャイアント馬場の全日本プロレスである。

両団体は同じ年に旗揚《はたあ》げをし、それぞれ日本テレビと、テレビ朝日の前身であるNET系列のふたつのチャンネルで番組を持った。月曜日には〈日本プロレス中継〉、金曜日には〈ワールドプロレスリング〉が放送され、さらにTBSが外人レスラーを売り物にした〈TWWAプロレス中継〉という番組を日曜日に流し、いずれも高視聴率を獲っていた。

　ムラマサが猪木にぞっこんだった理由は聞いたことがある。

馬場が君臨《くんりん》していた主流派・日本プロレスの不正経理を告発したために除名、追放され、彼らに負けじと新日本プロレスを立ち上げた猪木の気骨《きこつ》と反骨《はんこつ》精神がいたく気に入っていたらしい。

　もっとも、その頃の私はプロレス界の内部事情なぞには興味もなく、ただファンとして週に三度もプロレス番組が観られるという恩恵に浴《よく》していたわけだ。

　そんなわけで、しばしプロレス談義が続いた。

　それにしても、モゲが古株のエース馬場を応援しているというのは意外だった。

「猪木がなんぼ恰好良うても、わしゃ、馬場の男気《おとこぎ》が気に入っちょる」

　日焼けなのか地黒なのか、真っ黒い顔でモゲが自分の足の間の地面を見たまま、ふっと悲しげな笑みを浮かべたとき、妙な音が聞こえた。

　雨の降り始めに蛙《かえる》が鳴くような、ギュルギュルという音に、私たちは目をやった。

　ムラマサが胡座をかいたまま、下腹部を片手でさすっていた。

「悪い。ちぃと腹がにがり出したけえ、あっちの藪でクソしてくるっちゃ」

「お前のう、さっきカップヌードルを半生で食うちょったけえ、腹壊したんじゃろうが」

ノッポが笑いながらいうと、ムラマサはリュックの中からちり紙の束を引っ張り出し、あわてふためいたように走って、更地の向こうの雑木林に飛び込んでいった。

それから数分と経たないうちに、バイクのけたたましい排気音が聞こえた。

振り向くと、私たちが車座になっている工事現場の更地に、二台のオートバイがバリバリと喧《かまびす》しい音を立てながら入ってくるところだった。

最初は工事関係者かと思ったが、違う。

すぐに正体がわかった。

先刻、川西トンネルの向こうで追い抜かれた二台のオートバイのライダーたちだ。

彼らはまるで獲物を狙うサメのようにバイクを駆《か》って、私たちの周囲を反時計回りに、ときおりわざとらしくエンジンを吹かしつつ旋回した。その間、獲物を見定めるように、じっとこちらに顔を向けている。

やがて目の前でバイクを停め、エンジンを切って降りた。ブーツで地面を踏みしめるようにやってくると、サングラスをかけたひとりが低くかがみ込んで、私の顔を見つめ、ニヤニヤと笑った。

「呆れたのう。ホンマに徳山まで歩いていくつもりなんか」

私は硬直し、緊張のあまり思考停止していた。

「そのつもりです」

応えたノッポの声が少し震えていた。

「やめちょけ。くそガキが歩くような道路じゃないじゃろうが。え？」

巻き舌口調でもうひとりがいい、ノッポの足をブーツで蹴飛ばした。

ノッポは肩をすくめ、泣きそうな表情で、鼻の半ばまでズリ落ちた眼鏡を押し上げた。

「ここは有料道路じゃけえ、通行料を払《はろ》うてもらわんといけんのう」

サングラスの男が愉快《ゆかい》そうに笑った。「お前ら、なんぼ金持っちょるんか」

私は心底、怯《おび》えていた。

それでいて、必死に自分を鼓舞《こぶ》しようとしていた。不良に脅されて金を巻き上げられるのはかっこ悪いと思った。が、かといって、ここで立ち向かう勇気はなかった。

私は前年四月までテレビで放映されていた〈柔道一直線〉を欠かさず観ていた。ドラマのみならず、梶原一騎《かじわらいっき》と永島慎二《ながしましんじ》らによる原作マンガも愛読していたがゆえ、中学に入学すると、ためらわず柔道部に入部した。

ところが、現実の柔道はテレビや漫画で描かれたようにかっこいい格闘技（というか、ヒーロー・アクション）ではなかった。汗臭い道着を着せられて青畳《あおだたみ》の上で徹底的にしごかれる日々に嫌気が差し、夏休みになる前に退部を申し出た。軟弱なおのれを自覚したのはそのときが初めてだった。

「財布出してくれんかの」

ソバカス男にいわれ、私は地面に座り込んだまま後退《あとずさ》った。

恐ろしさに硬直していた。

そのとき、視界の隅でモゲがむっくりと立ち上がった。両手をだらんと下げていた。

「何じゃ、お前」

不良たちが驚き、モゲを見た。

「ガキのくせにやるつもりか」

問答無用とばかりにモゲがソバカス男に飛びかかり、組み付いた。相手がもんどり打って倒れると、馬乗りになって拳で顔を殴った。拳固《げんこ》が骨を打つ鈍い音がした。

モゲはすかさず立ち上がると、向き直ってもうひとりの股間を容赦なく蹴り上げた。

サングラスが吹っ飛び、男が前のめりに倒れて股を押さえていた。

「何すんじゃ、おら」

怒声とともにソバカス男が立ち上がった。モゲの胸ぐらを摑み、殴りつけた。倒れたところにブーツの蹴りを腹に入れた。モゲが顔を歪《ゆが》めて身を折った。

「モゲ！」

ノッポが悲痛な声を放ったときだった。

——ライダー、キ————ック！

素《す》っ頓狂《とんきょう》な叫びが聞こえたかと思うと、林のほうから全力疾走してきたムラマサが地を蹴って大きく跳んだ。振り向いたソバカス男の顔面にまともに跳び蹴りが入った。ムラマサは尻から地面に落ちたが、跳び蹴りを食らった相手は見事に吹っ飛んでいた。

ノッポの表情がパッと明るくなり、思わず私と目が合った。

しかし、それもつかの間。

股間を蹴られたサングラス男がいつの間にか起き上がっていた。顔をしかめながらも、ズボンのポケットから取り出したナイフのブレードを開き、倒れていたモゲに馬乗りになり、切っ先を突きつけていた。

「こんなあ、殺しちゃるけえの！」息を荒らげ、低い声でいった。

「モゲ！」私は思わず叫んだ。

「百井！　早《はよ》ぅ逃げぇ」

ノッポが叫んだとき、ナイフを突きつけた男の表情が変わった。

「百井っちゅうて……まさか百井達三《たつぞう》さんのせがれか？」

ムラマサに跳び蹴りを食らった男も身を起こした。顔半分が赤く腫《は》れ上がっていた。

「どようし（えらく）顔が似ちょると思うた……」

いいながら、じりっと下がった。

もうひとりが落ちていたサングラス（かなりヒビ割れていた）を拾うと、バイクにまたがった。ソバカス男も隣のバイクに乗り、無言でキックスターターを蹴り込み、エンジンをかけた。同時に発進させ、けたたましいエンジン音を残して走り去っていった。

騒音の残滓《ざんし》がいつまでも私の耳に残っていた。

ノッポがジーパンの土埃をはたきながら立ち上がった。

「百井達三っちゅうたら、室の木の百井組の組長じゃろうが。お前、ホンマにヤクザの息子じゃったんか」

モゲは何もいわず、かすかに眉根を寄せて立っていた。軽く拳を握ったままだ。

「ぎひひっ」

ムラマサが出し抜けに破顔した。

「水戸黄門のドラマで印籠《いんろう》を出したときみたいじゃったど。あいつら、ははーっちゅうてひれ伏したみたいで、気持ちよかったのう」

モゲは相変わらず不機嫌に立ち、鼻腔《びこう》から垂れていた鼻血を拳で拭った。

「ぼちぼち歩かんか。ぐずぐずしとっちゃ、日が暮れるど」

ボソッといい、少し身をかがめると、モゲは傍らに血の混じったツバを吐いた。

私たちはしばし無言で歩いた。

ゆいいつムラマサだけが上機嫌で、しんがりを歩くモゲにしきりと話しかけている。モゲはほとんど反応せず、押し黙ったまま、ひたすら歩を進めた。ふたりの前を歩きながら、私はモゲをずっと意識していた。

ヤクザの組長の息子――その言葉が脳裡を離れようとしない。

ムラマサの家庭事情も複雑だった。父親は彼が小学三年のときに蒸発した。母親は米軍基地前通りで小さなバーを経営していたが、米兵のひとりと恋愛関係になり、アメリカに連れて行くという空《から》約束を信じて大金を渡したまま出奔《しゅっぽん》されてしまい、多額の借金をするはめになった。

一方、モゲはヤクザの組長の息子。これまで生徒たちは噂こそすれ、誰も真相を知らなかった。おそらく教師たちは父兄について知っているはずだから黙っていたのだろう。たしかに粗暴なところはあったが、自分から出生を明かすことはなかった。

そんなモゲが、どうしてこの無茶な中学生だけの強歩大会に参加しようと思ったのか。

私は面くらいつつも、今まで知らなかったモゲの一面を見たことに感銘を受けていた。

*

玖珂の街に近づくと前方に料金所が見えてきた。

道幅が広がり、中央のオレンジ色の車線がゼブラゾーンになって枝分かれした場所に、道路をまたぐように大きくゲートが作られていた。走ってきた車がそこで停まり、窓を下ろしては通行料を払っている。

私たちはもちろん徒歩なので料金はかからない。が、料金所の建物の中にいる中年男性が怪訝《けげん》な表情でずっとこちらを見ていた。

「車の通行料が二百円っちゅうて書いちょったのう」

ノッポがふとつぶやいた。

「一日、何台ここを通るんか」

「三百台通っても六万円じゃ。こんとな道路を作っても元が取れんじゃろうが」

指折り数えてから、私が笑った。

「たった三百台っちゅうことはないじゃろ？　今から五分の間に何台来るか見ちょれ」

「ここらのおっさんらは、料金所を通らんように抜け道を知っちょるちゅう話じゃけえ、そんとなことをしても意味がないじゃろうが」

そういったのはムラマサだった。

「ホンマか。ほいじゃあ、やっぱり有料道路の意味がないのう」

私はそういって親指で小鼻をこすりながら笑った。

あとで知ったが、実のところ、この道路は当初の見込みよりも交通量が多かったことでじきに建設費の元が取れたようだ。そのため、ここは予定よりも早い八七年七月に無料化されたらしい。

欽明路トンネルと書かれた長い隧道《ずいどう》を抜けると、いつの間にか岩国市を出て、隣の玖珂郡に入っていた。

やがて野口交差点で山側から南下してきた国道二号線と合流。私たちがたどってきた欽明路有料道路はここで終点となる。しかしあくまでも目的地は徳山であり、さらにずっと彼方にゴールがあった。

ふたつの幹線道路が合流したため、車の交通量は明らかに増えた。私たちの傍をひっきりなしに乗用車やトラックが行き交う。だからいやでも路肩ギリギリに寄って、ガードレールの傍を歩き続けた。

玖珂郡を抜け、高森《たかもり》に入った。ここらは当時、周東町《しゅうとう》と呼ばれていた。ついに全行程の中間地点を越せたと地図を見ながらノッポがいい、ムラマサが大げさな歓声を放った。

私は右足の靴擦れが痛かったし、ひどく疲れていたが、やはり嬉しかった。自分の足でここまで来られたという達成感があった。しかしゴールはまだ遠い。

国道二号線はほぼまっすぐ山間部を貫き、左右には草原が広がっていた。空はあくまでも澄み切っていて、高いところをちぎれ雲が流れている。

道路からずっと離れた野原を岩徳線の列車が走っていた。

上半分が薄いオレンジ色、下半分が地味な臙脂《えんじ》色、ツートンに塗り分けられた〈キハ〉と呼ばれる車両である。それが三両編成でガタゴトとのんきに線路を伝って走っている。私たちはしばしば足を止め、それを羨望《せんぼう》の眼差しで見つめ、見送った。

＊

スタートから六時間が経過し、いつの間にか午後になっていた。

「腹が減ったのう。そろそろ飯にせんか」

ノッポがいったので私は同意し、ムラマサに訊いた。

「ところでお前の腹痛は大丈夫なんか」

「さっきクソしたけえ、もうなんともないっちゃ」

「ホンマに鋼鉄の腹じゃのう」と、私は呆れ、ノッポが苦笑した。

路肩で食事をするわけにもいかず、私たちはひとたび道路を離れた。

疎林《そりん》を抜けてみると、意外に広い河原があって驚いた。草がほとんど生えていない平地があったので焚火《たきび》をすることになり、枯れ枝を集めてきた。

焚火の火点けは私の担当だった。

用意してきた古新聞をリュックの中から取り出し、それをいくつか絞って並べ、その上に小枝をたくさん積み上げた。ムラマサに借りたライターで点火し、炎が立ち上がると、煙と火の粉を避けながら太い枝を重ねていく。

毎日のように家の五右衛門風呂の竈《かまど》を焚いていたので、焚き付けの仕方はすっかり身についている。最初の頃は煙ばかりがもうもうと出ていたが、やがてオレンジ色の炎がメラメラと揺れる、いい感じの焚火になってきた。

さっそく片手鍋に水筒の水をたっぷりと入れ、石を丸く並べた上に鍋をそっと置いた。

ムラマサはいつの間にか火の傍に横になり、腹の上で両手を組んで寝息を立てている。歩き疲れたせいか、口を半開きにし、ときおり鼾《いびき》をかいていた。

モゲは少し離れた岸辺に座り込んで、また煙草を吸い始めていた。紫煙が川面に向かって流れている。

「焚火はええのう。いつかテントを買《こ》うて本格的にキャンプをやろうやあ」

ノッポの声に向き直ると、彼は両手を火にかざしている。「海のきれいな場所じゃったら最高じゃ」

「上関《かみのせき》がええと思う」

カップヌードルのビニール包装を剝ぎながら、ノッポは私を見た。「上関っちゅうと、柳井のずっと先にあるあそこか?」

小学五年のとき、父が車を買い替えたのをきっかけに家族で上関にドライブに出かけたことがある。岩国から国道一八八号線を南下し、柳井を過ぎ、室津《むろつ》半島の突端にある砂浜で磯釣《いそづ》りをしたり泳いだりしてきた。

「水がのう、南の海みたいに青うてきれいっちゃ」

そのときのことを思い出し、私は微笑《ほほえ》んだ。

「上関じゃったら、自転車を漕《こ》いでいきゃあ、俺らでもたどり着けそうじゃの」

「こんとに半日足を棒にして歩くよりは、遙かにましじゃろうが」

自虐《じぎゃく》的な皮肉に、ノッポがたまらず噴き出しそうになる。

ちなみに上関——は今、原発の立地騒動に揺れている小さな街である。

この頃は、そんな暗い未来が来るとは思いもせず、翌年の中二の夏、私たちは自転車でのどかな瀬戸内の半島の突端にある砂浜にたどり着き、一泊のキャンプを楽しんだ。そのときの小さな旅が、子供から大人になる通過儀礼だったと知ったのは、ずいぶんのちになってからだ。

ふと、モゲのほうを見た。

彼はまだこちらに背を向けて立ち、煙草を吸っていた。中天にある太陽の光が川面に落ちて、モゲの姿がシルエットになっていた。その後ろ姿に、なぜだか胸が締め付けられる気がした。

「お前もこっちに来て焚火にあたらんか」

ノッポが声をかけると、モゲが川を見ながらいった。

「魚がようけいこと（たくさん）跳《は》ねよる。なしてかの？」

私はノッポと目を合わせ、立ち上がった。

焚火の傍を離れてモゲの横に立った。

川の向こう、藪の手前の陰になった辺りで、水面に小さく飛沫《しぶき》が上がった。驚いて見ていると、川面のあちらこちらで、かすかにピシッと音を立てては水が割れ、そのたびに波紋が生じている。

「ありゃあ、ハエじゃ。虫を食うちょるんよ」

ノッポがポツリとつぶやく。

ここらではハヤのことをハエと呼ぶ。水面を流れる小さな虫を、魚がさかんに食べているのだった。

私とノッポはモゲと横並びになり、川に向かって座った。魚たちの虫の捕食はいつまでも続き、見ていて飽きることがなかった。

「――助けてもろうた礼をいうのを、すっかり忘れちょった」

モゲが一瞬、ノッポを見て、川に視線を戻した。「ええよ」

「お前、ホンマにヤクザの組長の息子なんか」

「おう」

ノッポが寂しげに笑った。「俺らは気にしちょらんけえの」

モゲは俯いたまま、また「おう」といった。

「ムラマサは怖れを知らんアホじゃが、モゲはやっぱし強いのう。空手か何か、習《なろ》うちょるんか？」と、ノッポが訊いた。

「小三のときから、ちいとのう」

「ほいじゃあ、何も怖いもん、ありゃあせんじゃろうが」

モゲがちらとノッポを見た。目が少し充血していた。眉を寄せ、悲しげな顔をして、彼がいった。「……わしにも怖いもんはある」

「何が怖いんか」

「死ぬることじゃ」

モゲの言葉に私は耳を疑った。

モゲの父、百井達三は隣県の広島市の生まれだった。市内八丁堀《はっちょうぼり》で戦前から呉服屋《ごふく》を営んでいた祖父の次男だったらしい。

一九四五年八月六日、米軍機から原爆が投下され、達三は商店も家も土地も、そして家族も、すべてを失った。彼はたまたま少し離れた宇品《うじな》に使いに出されていたため、直撃をまぬがれたが、家族を捜すうちに被曝《ひばく》したそうだ。

戦後までずっと無職だった達三は、広島市内で闇市《やみいち》を仕切っていた組織で働くようになり、やがて子分を多く持つ身となった。幾多の抗争を経たのち、対立組織と手打ちをし、県境を越えて山口県岩国市に流れてきた。住み着いた室の木地区を拠点にし、覚醒剤《かくせいざい》を売ったり、米軍の武器を横流しするなどして、次第に組織を大きくしていった。

今年になって達三に癌《がん》があるのがわかった。発見されたときはすでに末期で、医者から余命半年と宣告されていたという。そしてこの春、モゲは父を失った。

そこまで語って、川に向かって座っていたモゲは拳で目元を拭った。

「親父が亡くなる少し前、藤生《ふじゅう》の国病《こくびょう》（国立病院）で会《お》うてきた。別人みたいに痩せ細っちょった。親父があの日、黒い雨に打たれたっちゅう話を、初めて聞かされたんよ。自分が死ぬる前にぜんぶ話しちょくゆうてのう」

ときおり洟《はな》をすすりながらモゲはしゃべり続け、私とノッポはじっと耳を傾けていた。

いつの間にか魚たちがおとなしくなり、私たちの目の前で川は静かに流れていた。

かすかな鼾が聞こえ、私たちはいっせいに振り向く。

ムラマサが焚火の傍で寝入っている。

「いけん。火に鍋をかけたままじゃった」

ノッポが気づいて立ち上がった。

私たちが焚火のところに戻ると、火床《ひどこ》に置いた鍋の中で、湯がぐつぐつと沸騰《ふっとう》していた。私たちはカップヌードルの蓋を開けて、焚火の傍に置いたまま待っていたが、すっかりそのことを忘れていた。

私が鍋の柄を摑もうとして、熱さに思わず悲鳴を上げた。とたんに鍋が大きく揺れて大量の湯がこぼれ、火床から水蒸気が噴煙のように盛大に噴き上がった。

「うわ！」

大声を放って飛び起きたのがムラマサである。

「せっかく沸《わ》かした湯じゃが、こんとに汚れてしもうた」

ノッポが悲しげにいうので見ると、大量の灰や煤《すす》が鍋に入って湯が濁っていた。

「ええっちゃ。このほうがコクが出るど」

ムラマサが鍋の柄を摑み、傍らに置いていたカップヌードルにお湯を流し入れた。さらに鍋を私たちのほうに差し出してくる。「お前らも冷《さ》めんうちにやれや」

仕方なく私たちもそれぞれのカップヌードルの容器に残りの湯を入れた。色とりどりの具とともに、明らかに黒く焦げたゴミが浮いているのを悲しげに見つめていると、ムラマサがさっそく美味《うま》そうにすすり始めた。

「炭入りヌ〜ド〜ル♪」

「三分ぐらい待てっちゅうのに」

つぶやくノッポを見て、ふとモゲが目を細めて笑った。

傍らのリュックから紙に包んだ握り飯を取り出し、ゆっくりと食べ始めた。

＊

四人は、ひたすら路肩をたどるように歩き続けた。

高水《たかみず》という街に入っていた。

傍らを車が幾台も恐ろしい勢いで通り過ぎ、埃を巻き上げ、排気ガスを容赦なく浴びせてきた。そんな中、小さな葬列のように寂しくうなだれながら、私たちはひたすら西を目指して歩いた。

ふいに口笛が聞こえてきて、私は驚いた。

後ろを歩いているモゲだった。

「何ね、その歌。えらいカッコええが？」と、ムラマサが訊いた。

「ニール・ヤングの〈孤独の旅路〉ちゅう歌じゃ」

モゲがいうので私は意外に思った。「お前、洋曲が好きなんか」

彼はかすかにニヤッとした。

「モゲは口笛、巧いのう。何かコツがあるんか？」

ノッポにいわれてモゲがまた笑う。「口じゃのうて、ほっぺたのほうをすぼめて吹いてみぃ、きれいなええ音が出るど」

「こうか」

ノッポが真似をした。

薬缶《やかん》が湯気を噴くような音がして、私たちは腹を抱えて笑った。

モゲも笑っていた。本当に愉快そうだった。

私たち四人はなおも歩き続け、時間もどんどん進んでいく。それとともに、さっきまでの高ぶりが嘘のように、全員のテンションが下がっていった。

強行軍がたたって疲れが蓄積《ちくせき》し、足が棒になっていた。疲労が鉛のように重く、私たちの体を包んでいた。

誰もが無口になって、やや俯きがちに力なく足を運び続けた。

その頃になると、私の右足踵の靴擦れがまた暴れ始めた。

途中、何度か靴を脱いで患部に新しくちり紙をあてがったが、出血もあり、どうにもならなかった。とはいえ、他に対処のしようもなく、痛みを堪《こら》えながら歩くしかなかった。

四人はひたすら寡黙に路肩をたどる。

歩みとともに、頭上の太陽も次第に西に向かって傾いていく。

路上に落ちた四人の影も、だんだんと長く伸びていった。

その頃になると、私はどうしてこんなことをしているのかわからなくなっていた。

貴重な中学一年の夏休みの一日を、こうしてただ浪費しているのではないか。川で泳いだり、井堰でゴリを釣ったり、親に買ってもらったばかりの丸石《まるいし》サイクルの五段変速スポーツ自転車で街を走り回ったりしていたほうがよほど楽しかったはずだ。なのになぜ、こうして打ちひしがれたように全員でうなだれつつ、見知らぬ土地の路肩をひたすら歩いているのだろうか。

私の靴擦れは今や激痛を伴っていた。一歩ごとにまるでそこに錐《きり》を刺し込むような痛みに襲われ、苦悶の中で歯を食いしばり、右足を引きずりながら歩いている。

黙って歩くときはあれやこれやと考え事をしていたが、もう考える気力すらなくなり、ただただ右足をかばいながら、機械的にアスファルトを踏み続ける。

私のみならず、ノッポもムラマサも、おそらくモゲも、疲れと足の痛みにさいなまれ、言葉もなく行進していた。これではまるで古代エジプトでピラミッド建築にかり出された奴隷たちのようだと思った。少しでも足が遅くなると容赦なく鞭《むち》打たれるわけではないだけましだったが。

勝間《かつま》の街を通過した。ここらは熊毛《くまげ》郡と呼ばれていた。

岩徳線の線路が右になり、左になり、ずっと傍らを併走していた。私たちが進むにつれて道沿いに並んだり、あるいは遠ざかったりする。たまに線路をゴトゴトと鳴らしながら、オレンジ色と臙脂色のツートンの三両列車が通過していく。

あの列車に乗れたら、どんなに楽だろう。

私たちはまさに羨望の眼差しで、去って行く列車の後ろ姿をにらむように見ていた。

また歩き出そうとして、ふと気づいた。

ムラマサが路肩に座り込んでいた。アスファルトの上に胡座をかき、うなだれている。

「どうした」と、ノッポが肩を叩くが、顔を上げようともしない。

「わしゃ、もう動けん」

汗まみれの顔で力なくつぶやくのを、私もつらく見つめた。

「みんな疲れたっちゃ。ほいじゃが、何とか最後まで歩かにゃ」

私の声に、ムラマサが暗い顔を上げた。

「もう、ええっちゃ。わしゃ、これでリタイヤじゃ」

ノッポがふんと鼻を鳴らした。「こんとなところでリタイヤしても、誰も拾《ひろ》うてくれんけえ、どうにもならんじゃろうが。せめてどっかの駅にたどり着かんといけんよ」

「一歩も足が出ん」

ムラマサがまた俯いた。顎下《あごした》からしたたる汗がポタポタとアスファルトに落ちていた。

ふいにモゲが担いでいたリュックを足下に落としたかと思うと、ムラマサの傍にしゃがみ込み、おもむろに背中を向けた。

「わしに負《お》ぶされ」

私は驚いた。ノッポも茫然としていた。

「モゲも疲れちょろうが」

顔をしかめるムラマサの腕を摑み、モゲが怒鳴るようにいった。

「ほりゃあ、疲れちょる。じゃが、わしら、とことん最後まで行くんじゃ」

ムラマサに向けたモゲの背中が、そのときやけに大きく見えた。

「ええけ。置いて行ってくれ」

「何をゆうちょるんじゃ、このバカタレが」

モゲが疲れた顔を歪めて笑った。

よろりと膝立ちになったムラマサがモゲに負ぶさると、彼はしっかりと立ち上がり、ひとたび体を揺すって彼を背負い直した。

「誰かわしのリュックを頼む」

ぐったりともたれるムラマサを、モゲが背負いながら歩き出す。

ノッポが彼のリュックを拾い、続く。私も声を失ったまま、しんがりを歩いた。

いつの間にか空が真っ赤に染まり、びっくりするほど大きな太陽が、私たちの前方で地平線に沈もうとしていた。

☆

「で……お父さんたち、その徳山っていうところにたどり着いたの？」

助手席の娘が興味深げに訊いてきたので、私はハンドルから片手を離し、また片手の親指で小鼻をこすって苦笑いした。

「けっきょく、四人とも満身創痍《まんしんそうい》みたいになって近くの駅に転げ込んだ。そこから列車に乗って帰ってきたんだ」

そう。私たちはとうとうゴールの徳山にはたどり着けなかった。

道路から見えた岩徳線の小さな駅舎には〈周防久保《すおうくぼ》〉と書かれていた。気息奄々《きそくえんえん》といった様子でそこにたどり着くと、券売機で切符を買い、しばらくホームのベンチで呆《ほう》けたように並んで座っていた。

やがてやってきた列車に乗って岩国へと帰ったのだった。

「みんなでリタイヤか。悔しかったね」

娘が肩をすぼめて笑った。

「だけど、父さんたちは満足だった。まる一日かけて、みんなで頑張って歩き続けた。そのことが誇らしかったし、今でも、いい思い出になって残ってる」

「その、モゲっていう同級生。立派だったね」

「ああ。立派だった」

「今も元気？　どうしてるの？」

私の顔から笑みが消えた。


ちょうど二年前。たまたま点けたテレビのニュース番組で、モゲの姿を見かけた。

福島《ふくしま》の某所にある建設会社の従業員寮で殺人事件があった。

そこは原発事故の処理作業に携わる会社だったが、酒に酔ったふたりが口論《こうろん》となり、ひとりが日本刀で相手を刺し殺した。逮捕された被疑者の写真と名前が画面に映ったとき、私にはすぐにモゲだとわかった。

あとで故郷の同級生から話を聞いた。

モゲは高校中退後、広島で暴力団員となり、一時は小さな組の組長にまでなったが、やがて内部抗争に敗れて街を去ったという。季節労働者のように流れ流れて、福島にたどり着いたのだろう。

テレビに映った髭面の顔はまぎれもなくモゲだったが、あの日、私たちといっしょに道をどこまでも歩いたモゲとはまるで別人だった。

かつて父を癌で失ったモゲは死への恐怖に憑《と》かれ、それを払拭《ふっしょく》したいがために、私たちの無謀な冒険行に同行した。なのにモゲはついぞ、自分のトラウマから逃れることができなかった。

しかし――あの日、あのとき、モゲはたしかに輝いていた。

私たちの大切な仲間のひとりだった。

「お父さん、どうしたの？　泣いてるみたいだけど、大丈夫？」

娘の声に我に返った。

私は涙を溜めたまま、無理に笑った。

「大丈夫」

咳払《せきばら》いをしてから、前方を指差した。

「ずいぶん長旅だったけど、高速を降りるよ」

フロントガラス越しに、山陽自動車道岩国インターチェンジの緑色の矢印看板が小さく見えた。私は車のウインカーを左に出した。

宇宙《ほし》に願いを

When you wish upon a star
Your dream comes true
映画〈ピノキオ〉の主題歌『星に願いを』より

山口県岩国市《いわくに》　一九九九年、冬——

「のう、ヒロキ。ここってオリオン座があった場所じゃろうが」

背後から声がして、僕は我に返った。

さっきからずっと横並びに歩いていたはずのトシこと三宅俊也《みやけとしや》が、いつの間にか足を止め、路肩に立っていた。路面を舐《な》めるように吹く冷たい風が、彼のコートの裾《すそ》を揺らしている。

つられるように、彼が見ているほうに目をやった。

歯医者の看板がある。広い駐車場に並んで二階建ての医院の建物があった。

「オリオン座か……こんな場所だったかな」

「あの監督署の向かいじゃったけえ、間違いない」

コートのポケットに両手を入れながら、トシが小さく顎を振った。

道路の反対側に労働基準監督署の建物が見えた。その向かいといわれると、そうだったかもしれない。

僕らは車町《くるまちょう》に横たわる国道一八九号線の路肩に立っていた。

アメリカ海軍海兵隊岩国航空基地の正面ゲートから一直線に延びる道路である。長さおよそ三百六十メートル、全国で二番目に短い国道といわれるこの路は、地元民から〝基地道路〟と呼ばれていた。戦時中は日本海軍航空隊の基地だったため、〝航空隊道路〟ともいわれ、両脇の路肩に戦闘機が二機置かれていたほど道幅があって、〝八間《はっけん》道路〟という呼称もあったらしい。

米軍基地の街という土地柄だけあって、派手な英語の看板をかかげた、米兵相手のバーやパブなどの飲み屋が並び、放出品のミリタリーグッズを扱うサープラスショップも点在している。

ふたりとも喪服《もふく》姿だった。黒いスーツに黒ネクタイ。どちらも上からコートをはおっていた。

亡くなったのは幼なじみだった門脇一平《かどわきいっぺい》。渾名《あだな》はモンペ。

享年《きょうねん》三十四。

トシとモンペ、そして僕——藤沢浩樹《ふじさわひろき》は、小学、中学と、いつもつるんでいた悪ガキ三人組だった。高校、大学でそれぞれ別々になってしまったが、大人になっても機会を見つけては頻繁《ひんぱん》に会い、ずっと交流を続けていた。

モンペは痩《や》せ細って眼鏡をかけていたが、僕ら同様に元気な中学生だった。大阪の大学を出て、Uターン就職し、広島で有名なアパレルメーカーに勤めていた。結婚もし、子供がふたりできて、順風満帆《じゅんぷうまんぱん》な人生のはずだった。

彼が癌《がん》にかかったと知ったのは半年前だった。

僕もトシも、何度か〝国病《こくびょう》〟と呼ばれた国立岩国病院に彼を見舞いにいった。

川下《かわしも》地区の寺で葬儀があり、それが終わって、かつての同級生ら数人と、近くにあった小さな食堂でビールを飲みながら昼をすませ、そこで解散となった。それから僕らはふたり、目的もなしにぶらぶらと冬の街路を歩いていたのだった。

会話も少なく、僕はずっとモンペとの思い出をたどっていた。

会いに行くたびに痩せ衰えていくモンペの姿を見るのはつらかった。祭壇に安置された遺影の中で、モンペは別人のように健康的で、快活な笑顔を見せていた。

「あいつといっしょに、ようオリオン座に通ったのう」

「ああ」

「〈ダーティハリー〉も、〈燃えよドラゴン〉も、俺ら、ここで観た」

「そうだった」

トシと並んで、僕はその一角を見つめていた。

オリオン座は、バタ臭くて猥雑《わいざつ》な基地道路の一角に忽然《こつぜん》とある映画館だった。

いわゆる二番館、三番館、あるいは名画座などと呼ばれ、ロードショーで公開される映画ではなく、昔の作品などを少し安い料金で上映する小屋である。木造と一部コンクリート造りの二階建て。こぢんまりした外観からは想像できないほど中は広かったし、基地に近いことから地元民よりも基地の米兵のほうが多く、いつも賑《にぎ》わっていた。

ここでかかった映画作品は主にアメリカ映画で、二本立てや三本立てで安く観ることができた。たまに漫画映画（今でいうアニメ）やポルノ映画もあり、子供の頃はきわどい作品のポスターを見るたび、やましさをともなった興奮を覚えていたものだ。

僕が岩国にいたのは高校卒業までだった。東京の大学に進学し、就職した。そのまま、ずっとあっちにいるつもりだった。

「俺ら、みんなして映画が好きじゃった。大人になったら映画業界に入るっちゅうて……ほんじゃが、夢をかなえたのはヒロキ、お前ひとりじゃ。凄い奴じゃと思うたがの」

その夢に破れて、僕はここに戻ってきた。

自分の中にあったピュアな感情が、寂しさと後悔で塗りつぶされていくようだった。

三人とも中学の頃から映画にかかわる仕事に就《つ》くのが夢だった。ところが大人になり、この業界に入ったのは僕だけだ。あとのふたりはそんな将来の夢からとっくに離脱していた。

僕は都内の大学を卒業し、大手映画製作会社に就職した。映画監督の下で演出を補助する、いわゆる助監督という仕事に就いた。毎日のようにスタジオやロケ現場につめて、映画の撮影にかかわり、文字通り汗水流して働いてきた。

もちろん最初、夢がかなったと喜んでいた。ところが映画制作の現場は想像していたものとはずいぶん違った。あまりに過酷で、しかも薄給であり、安アパートの賃料を払うと手元には雀《すずめ》の涙ほどの金が残るばかりだった。そんなつらい毎日だったが、それも映画監督になるという夢を実現するための試練の日々だと思っていた。

ところがハードな現場をいくらこなしても、映画の演出を任されるチャンスが来ることはなかった。いくつか仕事をした作品のエンドロールには、いつだって〝助監督藤沢浩樹〟という名がスクロールされていた。

やがて心を病《や》んだ。今でいうメンタル疾患《しっかん》に悩まされた。映画制作の世界、とりわけ有名監督の名前を頭に載せた○○組なんていうところは、現場に怒声が飛び交い、ときには暴力すらもあった。ハラスメントの横行が日常茶飯事だった。そこで鍛えられるどころか、けっきょくそんな毎日に耐えきれずに離職した。

それから居酒屋や運送業のバイトなどを転々としたあげく、四年前、父の死をきっかけに故郷の岩国に帰ってきた。

オリオン座はとっくに閉館になっていた。

たしか僕が高校生のとき、この映画館は長年の歴史に幕を下ろしたと記憶している。最後にかかった映画が何だったのかは憶えていない。ただ、あれだけ足繁《あししげ》く通っていた映画館が忽然とそこからなくなってしまった、そのことに対して強烈な寂しさを感じていた。

その寂しさの中には、もうひとつの理由があった。

けっして忘れることはない思い出が、僕の中に染み込んでいた。

「ヒロキ」

名を呼ばれて我に返った。トシが心配そうに見ている。

「何をぼけっとしちょる。もしかして、ふみちゃんのことか？」

僕は照れ笑いを浮かべた。

「ああ」

するとトシはあらぬほうを見て、ふっと寂しげに笑みを洩らした。

「今にして思やぁ、なんか……不思議な女性《ひと》じゃったのう」

「そうだな」

しばし黙って歯科医院の看板を見つめた。

いくら見つめても、そこに重なるように、昔の幻が立ち上がってくることはなかった。

☆

一九七七年、冬――


僕たち三人は西岩国中学の二年生で十三、四歳、くりくりの坊主頭の中学生だった。

そろって熱狂的な映画マニアで、テレビの洋画劇場もさることながら、市内にあるいくつかの映画館に通っては新作映画を鑑賞していた。

ロードショー公開された海外の映画は、当時、駅前にあった岩国ニューセントラルや岩国国際劇場で観た。

一方で、過去作品を、それも二本立てなどで安く上映してくれるオリオン座の存在はありがたかった。米軍基地前にあって物騒だから近寄らないほうがいいと親から止められていたにもかかわらず、僕らは休日のたびに自転車を漕《こ》いで通っていた。

もっとも当時、日本は経済成長のまっただ中。一ドルが三百六十円という固定相場《そうば》制は変動相場制に移行した。円の価値が上昇していく中で、基地の米兵たちは昔のように外で飲み食いすることが少なくなっていたし、そのおかげか、米兵による犯罪発生率も下がっていた。

彼女を初めて見かけたのはその年、十二月のことだった。

あと半月かそこらで冬休みが始まるという日曜日。いつものように僕はトシとモンペの三人で集まった。

岩国市内を流れる錦《にしき》川が、門前《もんぜん》川と今津《いまづ》川に分かれて三角州を作る突端、井堰《いせき》と呼ばれるコンクリの低い堰堤《えんてい》が、決まった集合場所だった。ここは昔から市民の遊泳場所で、真夏は水着になった人々が泳ぎ、コンクリートの斜面に横たわって体を焼いたり釣りをしたりする、ちょっとした行楽地だ。が、冬場はさすがに閑散としていて、人けがまったくなかった。

トシはスポーツマンタイプで体格がいい。モンペは対照的に痩せていて、黒縁の眼鏡をかけている。僕はちょうどふたりの中間的な体型だった。

三人の顔ぶれがそろうと自転車で井堰を渡り、川下地区と呼ばれる広大な三角州に向かう。この三角州の海沿いに米軍基地があり、その手前、車町という地区の一角にオリオン座があった。

映画館の近くにある空き地に自転車を停めて施錠《せじょう》する。急ぎ足で向かうと、正面入口の壁には、その日、僕らがこれから観る映画〈イージー・ライダー〉と〈スケアクロウ〉のポスターが貼られていた。

チケット売り場の窓口の前でジーパンのポケットから財布を取り出した。当時、この劇場の鑑賞料金は大人が六百円。高校生以下は割引で五百五十円だった。

ふたりからそれぞれの料金を受け取って、「すみません」と、窓口に声をかけた。

ガラス窓の向こうにいつも座っているのは、人生でさんざん絞られてきたかのようにくたびれて、いかにも生気《せいき》のなさそうな、初老の男性だった。ところが驚いたことに、そのときは白いシャツにグレーのベストを着た若い女性が窓口にいた。

長い黒髪で瓜実顔《うりざね》に小さな唇。涼やかな感じのきれいな目が、煤《すす》けた窓越しにこちらを見た。視線が合ったとたん、僕の心臓が早鐘《はやがね》を打ち始めた。

「ちゅ、中学生三枚……お願いします」

料金を払うと、女性は黙ってチケットを切り、きれいな細い指で半券を三枚、差し出してきた。その際、ちらっとだけ上目遣《うわめづか》いのようにこちらを見た。ほんの一瞬、視線が合っただけで、僕は雷に打たれたように身を固くしていた。

ロビーから防音扉を開いて場内に入った。客の大半はアメリカ人である。私服も軍服もいる。僕らはいつものように売店でポップコーンを買い、場内に入ると、空いていた席に横並びに座った。

ずっと窓口の彼女のことを考えていた。トシやモンペといつものように映画の話やジョークを交わしたものの、常に意識はそこにあって上《うわ》の空だった。

上映が始まり、銀幕にタイトルが出る頃には、ようやく彼女のことが意識から消え、映画に集中することができた。

オリオン座は観客の大半がアメリカ人だから、とかく上映中は騒がしい。

とりわけクルーカットのヘアスタイルに迷彩の軍服姿の海兵隊員たちは、ポップコーンやビールを手に、スクリーンに対して顕著《けんちょ》に反応する。ストーリーが盛り上がると拍手を送り、興奮の声を放ち、可笑《おか》しければ膝を叩いて笑い、美女が出てくれば奇声を放ち、口笛や指笛を吹く。映画がつまらなければあからさまにブーイングを飛ばす。

通い始めた頃は、そんな場内の様子に途惑《とまど》い、怖くもあったが、じきにすっかり慣れてしまった。それが彼ら流の映画の見方なのだと理解した。のちに大学に入学して上京したとき、都内の映画館に入ると、満員の観客が水を打ったように静かに映画を観ているものだから、ある種のカルチャーショックを覚えたほどだった。

最初の〈イージー・ライダー〉の上映が終了した。反体制的なテーマの映画ゆえに場内の米兵たちの中には不満げな声を放つ者がいたが、ラストの衝撃シーンにはさすがに打ちのめされたようだ。

二本立ての合間、僕はトイレに立った。ロビーで受付の向こうにあるドアを見て、ふと彼女のことを思い出したが、じきに上映開始のベルが鳴って、あわてて場内に戻った。

二本目の〈スケアクロウ〉が終わって、僕らはそろって席を立った。

トシたちが劇場の外に出ても、僕は少しの間、ロビーの壁に貼られた次回上映のポスターや白黒のブロマイドなどを見ていた。実は切符売り場へのドアが開いて、そこから彼女がひょっこりと出てくることを期待していたのだった。

ところがそんな期待もむなしく願いはかなわなかった。外からモンペに呼ばれ、仕方なくガラス扉を開いて外に出た。受付窓口を何度も振り返るが、煤けたガラスの向こうはちょうど陰になっていて、あの若い女性の姿を認めることはできなかった。

夕空の下の帰り道。僕らは井堰の上で自転車を停め、コンクリの斜面に横並びに座っていた。途中の商店で買ってきたポッキーチョコを三人で分け合って食べた。トシとモンペは今日観たばかりの二本の映画の感想を話し合っていたが、僕はろくにそこに加われなかった。たしかに映画はどちらも素晴らしかったが、呆《ほう》けたまま受け答えをしていた。

「ヒロキ。ひょっとしてひと目惚《めぼ》れちゅう奴か」

だしぬけにトシにいわれ、僕は思わず身を固くした。

「何の話っちゃ」

「じゃけ、さっきの切符売り場の女の人いや」

「さ、さっきの……」

声が震えるのに気づき、あわてて口を閉じた。

そろりと目をやると、トシがニヤニヤと笑っている。その向こうでモンペも笑みを浮かべていた。僕はあわてて視線を逸《そ》らし、吹き寄せる寒風になぶられ、さざ波を立てる川面に目をやった。その向こう、岩国城を稜線に抱く城山が青い影となって横たわり、彼方の空は夕焼け色に染まっている。

「二十四、五歳ぐらいかのう。どようし（えらく）ベッピンじゃったが」

トシをちらと見た。頬の辺りが少し赤いのは、夕陽を受けているためだけではないようだ。向こうに座るモンペも同様だと気づいた。

「臨時のバイトかのう。案外と館長の娘とかじゃったりして」

「せめて名前ぐらい訊いちょきゃえかったの」

トシとモンペの会話を聞きながら、僕は黙って水面を見つめていた。

*

翌日の放課後、僕らは教室で居残りをしていた。

他の生徒たちは帰宅するかクラブ活動をするかで、二年一組の教室には誰もいなかった。そんな静かな中、僕はトシとモンペと机を並べてくっつけ、〈ロードショー〉や〈スクリーン〉といった大衆映画雑誌を読みふけっていた。

中学校がコンクリの新校舎になって数年経っていたが、教室にはエアコンの暖房があり、暖かくて居心地が良かった。

モンペは映画の脚本が載っている〈キネマ旬報《じゅんぽう》〉なんていう玄人《くろうと》向けの雑誌の愛読者で、毎号、欠かさずに買い、隅から隅まで記事を読み込んでいた。

シナリオライター志望の彼にとって、〈キネ旬〉に毎号掲載される映画の脚本はお手本だった。自身も大学ノートに自作の脚本をビッシリと鉛筆で書き込み、あらすじもつけては僕らに回してくれた。

内容はハリウッド製のアクション映画や刑事映画などの焼き直しみたいな話が多かったが、こなれた文章だし、このままプロになれるんじゃないかと僕は本気で思い、内心うらやましかった。

体格のいいトシはキリッとした顔立ちで女子にモテたし、映画俳優になるのが将来の夢だった。テレビドラマの男優ではなく、あくまでも映画スターにこだわった。大人になったら文学座とか俳優座などの大手の劇団に入り、プロの役者としてデビューし、日本映画で頂点を極め、ゆくゆくはハリウッドに進出するという。

たんに人気者になりたくてなどという理由ではなく、演技という技術で自分自身を表現したいのだそうだ。だから、ときに好きな映画に出ていた俳優の口真似をしてみせたり、同じ演技を僕らの前で披露《ひろう》したりした。

モンペの脚本の才能とともに、僕はトシの俳優としての将来性を信じていた。別にこれといった確証があったわけじゃないが、熱意というか、自分の夢の実現に向けた努力みたいなものに心打たれていた。

一方、僕は映画監督になるつもりだった。

学生鞄《かばん》にはいつも、小型の8ミリムービーカメラを忍ばせていた。

もう十年以上前に発売されたフジカシングル-8 P1というカメラだ。実はこれ、父親が買っていたものだった。押し入れの中の物入れ箱に放り込んであったのを、たまたま見つけたのである。我が家には映写機すらなかったから、そもそも父は流行に乗って買ったものの、けっきょく使わずに放り出していたようだ。

当時のムービーカメラはビデオではなく8ミリフィルムを使う。つまりプロの映画撮影で使われていた35ミリフィルムの縮小版みたいなものだ。用途は家族を撮影したり、学校のイベントで活躍したりと、現在のビデオと同じ使われ方をしていた。

僕はこの8ミリカメラで映画を撮りたかった。

その頃はまだ〝自主映画〟という明確なジャンルはなかったが、〈小型映画〉という専門誌もあったぐらいだから、8ミリのムービーカメラで映画のようなものを制作する人たちはいたと思う。もっともドキュメンタリー作品が中心で、大学の映画研究会のような団体が娯楽作品をさかんに作るようになるのは、もう少し後になってからのことだ。

この年の二年前——七五年十二月に封切られた〈ジョーズ〉という、人食いザメの恐怖を描いた映画にはまった。こんなに面白い映画があったのかと打ちのめされ、演出したスティーヴン・スピルバーグという名の若い監督の才能に驚いた。撮影当時は二十七歳だったという。

それが夢の始まりだった。

ところがどうすれば映画の撮影ができるかなど、知識もなければ教科書もない。のみならず、この8ミリカメラに入れるフィルムを買うだけのお金もなかった。だから、いつも空《から》のカメラをこうして持ち歩き、ときおりシャッターを押し、ジーッと音を立てて作動させたりして、映画の撮影を気取っているのだった。

もちろん僕自身もモンペの真似をしてシナリオを書いたりもした。連続殺人事件の真犯人を暴くミステリや、西部劇もどきのアクションものなどの話を書いたが、中でもやはりスピルバーグ作品の模倣《もほう》が得意だった。とりわけ巨大なホホジロザメが瀬戸内の海に現れて人々を襲撃し、元海上自衛官の男が孤軍奮闘《こぐんふんとう》するストーリーは自分でもお気に入りだった。

僕らは近い将来、自分たちで映画を作ろうと話し合っていた。具体的にどうするという計画はまだなかったが、熱意だけはいっぱしにあったと思う。

ちなみにもうひとりの若き天才監督ジョージ・ルーカスによる、あの〈スター・

ウォーズ〉が日本で初公開されたのは、翌七八年の六月だ。

「やっぱし、〈タクシードライバー〉じゃの」

映画雑誌のページをポンと指先で弾《はじ》いて、モンペがいった。「ここ何年かの最高傑作じゃと思うが」

机の上で開かれた〈ロードショー〉のカラーページには、半裸にショルダーホルスターをつけ、大きな拳銃をかまえたロバート・デ・ニーロの姿があった。もちろん僕もトシも去年のロードショー公開のときに観ていた。戦争後遺症をテーマにした作品で、ラストの血生臭《ちなまぐさ》い銃撃シーンにはかなりのショックを受けた。それまでの映画になかった、斬新《ざんしん》な演出が心に残っていた。

「同感じゃ。トラビスっちゅう主人公の狂気がぶち凄かった」

トシが主役のデ・ニーロの真似をし、拳銃を片手でかまえる仕草で片目を閉じた。

「ああいう渋い演技をやってみたいのう」

「ところで、〈イージー・ライダー〉とか〈タクシードライバー〉とかはアメリカン・ニューシネマっちゅうていわれちょるが、それらに共通するテーマっちゅうのは何じゃと思う?」

映画雑誌を閉じてモンペがいう。

「ほりゃあ、やっぱし暴力じゃろうのう。銃の怖さとか？」

トシがつぶやくと、鼻の途中まで落ちた眼鏡を指先で上げ、モンペがいった。

「アメリカン・ドリームに破れた男らが社会の常識を覆《くつがえ》そうとしてあがくんよ。前に俺らで観た〈グライド・イン・ブルー〉の白バイ警官とか、〈俺たちに明日はない〉のボニーとクライドっちゅうギャングのカップルもそうじゃろ？」

「たしかにのう」

感心して応えたトシが、ふいに僕を見た。

「ところで、ヒロキ。さっきからおまえ、なんかポカンとしちょるが？」

驚いて彼を見てから、僕は目をしばたたいた。「そうか？」

トシはニヤリと笑う。

「やっぱし例の〝窓口の君〟にぞっこんちゅうわけか」

いきなりグサリと心臓を突かれた気がして、僕は硬直してしまった。

「そ、そ、そんなことはないど」

「どもるな」

トシが乱暴に僕の腕を拳で叩いたときだった。

教室の扉がガラリと開いた。

僕ら三人が振り向くと、担任教師の菅川功太郎《すげかわこうたろう》が顔を覗かせた。体育担当だからいつもジャージ姿だが、額が大きく禿げ上がっているため、生徒たちは〝ハゲ川〟と渾名している。もっともこれは数年前の卒業生らがつけたものらしい。

僕は傍《かたわ》らに置いていたシングル‐8のムービーカメラをとっさに後ろ手に隠した。

こんなものを学校に持ち込んでいるとバレたら、きっと没収される。

「なんか教室からボソボソ声がする思うたら、お前ら、また居残りかぁ?」

意地悪げに笑い、菅川が歩いてきた。

「ぼちぼち帰ろうと思うちょったところじゃけえ」

気まずく肩をすぼめたトシがいうと、菅川はすぐ隣の机にもたれ、モンペの前に置かれていた映画雑誌をとってパラパラとめくった。

「おお。ジャクリーン・ビセットっちゅうこの女優。とびきりええ女じゃのう」

カラーページのグラビア写真をしげしげと見ながら菅川がいう。「ほう、〈ザ・ディープ〉っちゅう映画か」

「俺ら、夏に観たばっかりっちゃ。オープニングの場面で、濡れたTシャツで胸のボインが透け透けになるけぇ、先生も必見っちゃ」

「ほりゃあ、期待せんとのう」

そういった菅川が雑誌をクルクルと丸め、それでトシの坊主頭をポンと軽く叩いた。

「莫迦《ばか》たれ。中二坊主のくせして不健全じゃ」

トシが思わず噴き出し、モンペに続き、菅川も笑い出した。

僕だけは体の後ろに大事なムービーカメラを隠していて、笑うに笑えなかった。


思えば僕の初恋だったのかもしれない。

実は小学六年のときに、同じクラスの学級委員だった女子にちょっと気があったのだけど、なんとなく意識していただけで恋愛感情という感じはなかった。ところがオリオン座のチケット売り場にいた女性には、まぎれもない恋心を抱いていた。それも強烈で、その晩はろくに眠れなかったほどだ。

ラジオの深夜放送を寝床で聴きながら、彼女のことばかりを考えていた。ディスクジョッキーの男性が楽しいしゃべりをしても、好きな歌が流れても、僕はまさに――心ここにあらず、だった。

名前はなんというのだろう。

どうして、あの映画館の窓口にいたのだろうか。

ここでいくら考えても仕方ないことなのに、ついついいろいろと想像してしまう。

あの煤けたガラス窓越しに見えた彼女の顔を思い出しては、何度も溜め息をついた。布団の上で寝返りを打ち、両手で頭を抱え、また仰向けになって真っ暗な天井を見上げながら、長い黒髪と瓜実顔、どこか儚《はかな》げできれいな目を脳裡に思い浮かべた。チケットを切って差し出してくる細い指を意識のスクリーンに再現した。

視線が合ったのは、ほんの一瞬だっただろう。

しかし僕はその一瞬を心のカメラで写し取ったように、鮮明に記憶していた。そしてそのイメージに憑《とりつ》かれていた。

*

次の日曜日の朝、僕は自転車に乗って、ひとりオリオン座に向かった。

川にかかった井堰のコンクリートの上を、冷たい川風が吹いて渡っていた。遠い浅瀬にサギらしい白い水鳥がたたずんでいる。遠い米軍基地のほうから、ジェットエンジンを噴かす音が轟然と聞こえていた。

出がけにトシとモンペには電話をしたが、ふたりとも今日は映画には行かないという。いずれも何か含みがあるような応答で気になったが、ともあれ自分だけで彼女に再会できるのは、もしかすると幸運なことではないかと考えた。

井堰を渡ると坂道を登り、大きな楠《くすのき》が並ぶ土手道を自転車を漕いで走った。

空はよく晴れていたが、冬の寒風が身を切るほどに冷たい。僕はセーターの上にダッフルコートをはおっていたが、それでも肩をすくめたくなった。毛糸の手袋でハンドルを握りながら、ゆっくりとペダルを漕ぐ。

あの映画館のチケット売り場の窓口にいるだろう彼女のことをずっと考えていた。

車町の基地道路に入ると胸がドキドキしてきた。

いつものように映画館近くの空き地に自転車を停めて施錠し、興奮を抑えながらオリオン座に向かって足早に歩いた。

劇場の入口脇にかかった看板は、ダスティン・ホフマン主演の〈卒業〉と、ロバート・レッドフォードとバーブラ・ストライサンドの恋愛映画〈追憶〉の二本立てだった。が、どんな映画が上映されていようが、今の自分にとってはどうでもいい。ただ、窓口に行ってチケットを買い、彼女に声をかけたかった。

とはいえ、トシがいう〝窓口の君〟に、これから面と向かうことを思うと、緊張に体がこわばってしまう。彼女に会えたからと何をどういえばいいのか。まるきりの無計画で、たんに衝動的な行動だった。

窓口の前には三人ほど並んでいた。いずれもアメリカ人。そろいのスタジャン姿のカップルと、その後ろに地味なセーターを着た中年男性。僕はその後ろに並んで、ドキドキしながらそっと窓口をうかがった。

ところが、煤けたガラス窓の向こうにいるのは、いつもチケットを切ってくれる初老の痩せた男性だったのでがっかりした。

やがて僕の番がやってきて、仕方なく「中学生一枚お願いします」といい、学割料金の五百五十円を払った。彼女はどうしたのかと訊きたかったが、そんなことを訊《たず》ねる理由も思いつかず、もちろん勇気もなく、やはり諦めるしかなかった。

客席はまばらだった。観客は僕を入れて十数人。軍服姿が目立たないのは、かかっている映画がやはり血湧《ちわ》き肉躍《にくおど》るアクション作品じゃなかったからだろうか。だから照明を落とした場内で上映が始まっても、観客たちは静かに画面を見ていた。

僕は映画にあまり集中できず、彼女のことばかりを考えていた。

銀幕をじっと見ていても、なぜかチケット売り場のガラス窓越しに見た顔がそこに重なるように浮かんでくるのである。場内は暖房が効きすぎていたのか、やたらと額に汗がにじんだ。僕はジーパンのポケットからハンカチを引っ張り出し、しきりに顔を拭いていた。

もちろん〈卒業〉の有名なラストシーンはかなり衝撃的だったし、感動もしたのだが、二本目の〈追憶〉が始まると、気疲れのせいか、三十分と経たないうちに僕はハンカチを握りしめたまま寝入ってしまっていた。映画の名誉のために付記するけど、これは本当に名作で、あとになってあらためてテレビ放映で観たとき、僕は感極《かんきわ》まって咽《むせ》び泣いたほどだ。

ふと目を覚ますと、場内はすでに明るくなっており、周囲には誰もいなかった。不覚にも映画の途中で寝落ちしてしまったことに気づいて、僕はひとり恥ずかしくなった。あわてて席から立ち上がったとき、ふいに場内入口の防音扉が開いた。

そこに彼女が立っていた。

映画館職員の制服なのか、白シャツにグレイのベスト。黒のパンタロン姿。長い黒髪を後ろに流したまま、柄の長い箒《ほうき》と開閉式の文化チリトリを持って、少し驚いたような様子で僕を見ていた。

僕は金縛《かなしば》りに遭ったように動けなくなった。

まぎれもない、〝窓口の君〟だった。

ところが僕ときたら、こわばった顔のままで俯《うつむ》き、足早にツカツカと歩き出し、通路の端に立っている彼女の傍《そば》をすり抜けた。一瞬、かすかに髪の匂いがして、ふわっと心が躍りそうになったが、扉が開いたままの出口を抜けようとした。

「あの」

女性の声が静かな劇場内に響いた。

周囲に他の人がいなかったため、後ろから声をかけられたと知って、僕は飛び上がらんばかりに驚いた。

恐る恐る肩越しに振り向いた。

彼女の姿が、客席の間を抜ける通路の真ん中辺りにあって、こちらを見ていた。

「これ、もしかしてお客さんの？」

指差すほうを見れば、彼女の足下に白いハンカチが落ちていた。とっさにジーパンの尻ポケットをまさぐった。まぎれもない、上映中に握りしめてしきりに顔の汗を拭っていた自分のハンカチだった。

彼女は箒とチリトリを近くの客席にもたせかけると、腰を曲げてハンカチをそっと拾った。その手をこちらに差し出してきた。細い指先から汚れたハンカチが垂れていた。

僕は凍り付いたように動けなかった。

さんざん顔の汗を拭いた汚いハンカチだった。それがいかにも清潔そうな彼女の細い指にぶら下がっている。

僕は恥ずかしさにカッと熱くなった。気がつけば、踵《きびす》を返し、通路を走っていた。場内を出て、ロビーを抜け、映画館の出入口にあるガラス扉から外に飛び出した。

それからどうやって家に戻ったのか、ほとんど憶えていない。

＊

——藤沢。

どこか遠くで、僕の名を呼ぶ声がした。

——おい、藤沢。お前、起きちょるんか？

ゆっくり顔を上げると、教室の黒板の前、教卓の横に青いジャージ姿の男が立っている。それが担任教師の菅川だと気づいたとたん、僕は電撃に打たれたように椅子から立ち上がっていた。

菅川が驚いた顔になり、次の瞬間、教室全体が爆笑に包まれていた。

僕は棒立ちのまま、茫然と周囲を見渡し、二度、三度と目をしばたたいた。

月曜日朝の学活の時間だったことにやっと気づいた。

「お前のう、ラジオの深夜放送もええが、夜更かしは身体に毒じゃけえのう」

呆《あき》れた顔で菅川がいい、肩を揺らして笑った。

そのときの僕は完熟したトマトみたいに真っ赤になっていたと思う。隣の席にいるトシが苦笑いをしているのに気づく。その向こうにいるモンペも。

僕は呆けたようにゆっくりと椅子に腰を下ろした。眠っていたわけではない。しかし意識がどこか遠くに飛んでいたのは事実だ。

恥ずかしさに身を包まれたまま、僕は菅川の声をぼんやりと聞きながら俯いていた。

学活が終わり、一時間目、二時間目と授業が進んでいった。僕はどうにも集中できず、教師に指名されてもしどろもどろに答えたり、とんちんかんな返答をして教室のみんなにまた笑われたりした。

ようやく給食の時間となったが、ろくに食べずにほとんど残し、ひとり教室を出た。廊下を歩いて階段をたどり、屋上に出てみた。

昼休みは生徒たちが上がってくることもあったが、まだ時間が早いために誰もいない。

僕はフェンスにもたれ、遠い山々を見ながら、ぼうっと考えていた。どこかから米軍機の轟音が聞こえ、雷鳴のようにそれがずっと続いていた。

今朝の学活での顚末《てんまつ》が恥ずかしさの残滓《ざんし》となり、痼《しこ》りのように胸の中に残っていた。

恥ずかしさといえば——ゆうべのことを思い出す。

たしかに僕は夜更かしをしたが、ラジオを聴いていたのではなかった。寝床でずっと彼女のことを考えていた。

布団に仰向けになったまま、手にはお守りのようにシングル-8のカメラを握っていた。

ときおりスイッチを入れ、両手でかまえ、ファインダーを覗いたりする。

四角く切り取られた視界に、幻のように彼女の顔が見えている。こちらを見てニッコリと笑う。僕はその姿を夢中で撮影する——という想像をしてみる。

枕元にカメラを置き、溜め息をつく。

眠れない。だから、何度も寝返りを打ち、何度も溜め息をついた。

窓のカーテンを開けると、夜の闇の向こうに暗い空をワイパーのように往復する直線状の光が見えていた。米軍基地から放たれるサーチライトだった。あの基地の手前にオリオン座があって、そこには彼女がいる。

名も知らぬ、〝窓口の君〟だった。

その顔を思い出すと、また胸がときめき、溜息が洩れた。

彼女と時間を共有したかった。

映画館で働いているのだから、もしかしたら映画が好きなのかもしれない。だったら僕も映画が好きで、しかも将来は映画監督になりたいという夢がある。そんな話を彼女と交わせたらどんなに素敵だろう。そんなことをずっと考えていた。

明け方近くになって、ようやく浅い眠りが訪れた。

夢の中に彼女がいた。

清潔そうな白いシャツにグレイのベストと黒いパンタロン姿で、長い髪を後ろに流して誰もいない劇場内に立っていた。すっとかざした右手に白いハンカチがあった。

——これ、落とし物。

彼女の声に誘われるまま僕は歩み寄り、ハンカチを受け取った。

——ありがとうございます。実は、あなたが……好きなんです。

夢の中だからか、臆面《おくめん》もなく僕は告白をした。

——私も。

彼女の気持ちを知って僕は躍り上がるほど嬉しくなった。

目を閉じている彼女にゆっくりと顔を寄せた。華奢《きゃしゃ》な身体をゆっくりと抱きしめ、小さな唇にそっと自分の口を寄せた。そうして手を——。

ハッと目を覚まし、異変に気づいた。布団を剝《は》ぐと、下着とパジャマのズボンが気持ち悪く濡れて股間に張り付いていた。異臭に驚くとともに、自分にいったい何が起きたのかわからず困惑していた。

少し前、学習雑誌で読んだ夢精《むせい》の話を思い出し、ようやくそれとわかった。初めてのことだった。

寝床から起き出し、自室の簞笥《たんす》から新しい下着とパジャマのズボンを引っ張り出し、もどかしく穿《は》いた。ひんやりとした暗い廊下をそっと歩いて風呂場に行くと、汚れた下着とパジャマを洗濯機に入れて部屋に戻ってきた。

それきり、朝まで眠れなかった。

そんな恥ずかしいことを、たとえ親友のトシやモンペにだっていえるわけがない。

放課後、いつものようにトシとモンペの三人で教室に居残りをし、僕は8ミリカメラを傍らに置いて、大学ノートにモンペが書いた映画のシナリオを読んでいた。

彼お得意の刑事アクションで、横浜を舞台に型破りな暴力刑事がヤクザ組織を相手に銃撃戦やカーチェイスを繰り広げる。これがめっぽう面白く、僕はのめり込むようにページをめくった。

その頃はテレビでも刑事ドラマが隆盛を極め、〈太陽にほえろ！〉や〈大都会〉、〈Gメン'75〉など。海外ドラマでも〈刑事コロンボ〉や〈刑事コジャック〉などが人気だった。

モンペがとりわけお気に入りだったのが、〈太陽にほえろ！〉のジーパン刑事役で人気を摑んだ松田優作《まつだゆうさく》が、中村雅俊《なかむらまさとし》とバディを組んだ刑事ドラマ〈俺たちの勲章〉で、このシナリオは如実にその影響を受けていた。

ぜんぶ読み終えてノートを閉じると、僕は8ミリカメラを手にし、ファインダーを覗きながら、そこに映っているモンペにいった。

「ぶち面白かった。カーアクションがド迫力っちゃ。画面が見えるようじゃった」

隣の机に脚を載せ、〈スクリーン〉を読んでいたモンペが眼鏡を押し上げて笑う。

「ホンマにか。嬉しいのう」

「いつか映画監督になったら、これを撮影してもええど。ただのう、主人公の刑事が、脚が長《なご》うて、もじゃもじゃ頭にサングラスっちゅうて、松田優作そのまんまじゃ」

「意識しちょるけえ、しょうがないじゃろうが」

モンペがまた照れ笑いをした。

「ところでヒロキくん」

真顔になったトシに訊かれた。「昨日、オリオン座に行ったんじゃろ。例の〝窓口の君〟には会えたんか？」

僕は手にしていた8ミリカメラを落としそうになった。

しばし視線を泳がせてから、ノートをモンペに戻すと、指先で坊主頭を掻きながらいった。「いちおう会えた」

「ほいで……何か進展はあったんか？」

「ちぃとだけの」

「何じゃ、煮え切らんのう」

トシが意地悪く笑い、隣の机の椅子に座って、僕の肩を乱暴に叩いた。「てっきりチューまで行ったかと思うたがの」

顔が赤くなるのを自覚して、僕はあらぬほうを向いた。

昨夜の彼女の夢と、その顚末を思い出した。

「ば、莫迦たれ。そんとなことがあるわけなかろうが」

「名前ぐらいは訊いたんか？」

モンペにいわれ、僕は口をつぐんだ。

「訊きそびれたんか。やっぱしヒロキは奥手《おくて》じゃのう」

「次は花束でも持っていけ」

トシが真顔でいい、狼狽《うろた》える僕の目を覗き込んだ。「ひとりでイジイジしちょっても、何の進展もなかろうが。思い切って当たって砕けろ、じゃ」

「かばちたれんな（莫迦をいうな）。ふられるに決まっちょろうが」

僕がいうと、トシとモンぺがそろってニヤリと笑う。

「そんときは立派な最後を見せちゃれ。こんとなふうに――」

トシが椅子を引いて立ち上がり、ふいに僕らの前で大胆に足を開き、片手で腹を押さえ、絶望的な表情になったかと思うと、突然、野太い声を振り絞って絶叫した。

「ん〜何じゃ、こりゃあああ――っ！」

ジーパン刑事の殉職シーンを真似たトシがあまりにそっくりで、僕らは噴き出した。

＊

二学期の期末試験が終わって終業式となり、冬休みに入った。

たった二週間ぽっちの休みだったが、寒さのために外遊びもろくにせず、僕は日がな一日、炬燵《こたつ》に入ってテレビを観てばかりだった。ひとりでオリオン座に行くことも考えたが、なんとなく気が引けていた。はやる気持ちはあるのだが、好きな女性に会うだけのために、とくに観たくもない映画の鑑賞に出向くなんて不純だという気がした。

何よりも勇気がなかった。

年末になると、大学一年の兄、優人《まさと》が京都から帰省し、おかげでずいぶんと賑わった団欒《だんらん》となった。

母はせわしなく台所と居間を行き来し、父は上機嫌に昼から飲んだくれていた。

あわただしい晦日《みそか》が過ぎた。

元日は朝から家族で車に乗って白崎《しらさき》八幡宮に初詣に行き、二日目は錦川にかかる五連アーチで有名な錦帯橋《きんたいきょう》を、僕らは歩いて渡った。対岸の横山《よこやま》地区にある父の兄の家、すなわち藤沢家の本家に一族が集まるのが恒例だった。

夕刻、酒宴がひけると、飲み続けている父と片付けをするという母を残し、僕は兄とともにまた錦帯橋を渡り、錦見《にしみ》という地区をぶらぶらと歩いて家に向かっていた。

兄は去年の夏休みに金沢《かなざわ》にある自動車学校の合宿コースで普通免許を取得したばかりだった。が、いくらバイトに明け暮れても車を買う余裕はないと、しきりにぼやいている。

「お前は将来、映画監督になりたいちゅうとったが？」

横並びに歩く兄が、しばしの沈黙を破ってそういった。銀縁眼鏡のレンズ越しに、興味深そうな目で僕を見ていた。

「うん」

少し恥ずかしかったが、兄に向かって頷いた。

「例の親父の8ミリカメラ、まだ持っちょるんか」

「持っちょる」

「フィルムは？」

「まだ買《こ》うちょらん」

当時、8ミリカメラに入れるマガジン式のフィルムは、富士《ふじ》フイルムのカメラに使えるシングル-8と、コダック社のカメラに使うスーパー8という二種類があった。が、どちらも一本で千円以上するということだった。

「お前が大学に入ったら、仲間を集めて金を出し合って映画を撮影すりゃあええよ」

兄は僕の肩を軽く叩いてくれた。

「そうそう。大学っちゅうたら、うちの大学の近くに太秦《うずまさ》撮影所があるけえ、いっぺん見てみるとええど」

そうかと思い出した。京都には東映が時代劇を製作する大きな撮影所があった。

「前に友達と入った喫茶店で若山富三郎《わかやまとみさぶろう》を見たっちゃ」

「ホンマ？」

驚いて兄の横顔を見ると、彼は得意げに頷く。「たぶん、いっしょにおった人は深作欣二《ふかさくきんじ》監督じゃろうと思う。サイン、もらいたかったが、さすがに勇気が出んかった」

有名スターと大物映画監督が当たり前に身近にいる世界を想像し、僕は密かに胸の内で心を躍らせていた。そんな世界で働けたら、どんなに素晴らしいだろうか。

「ほいじゃが、前にお前はハリウッド志向じゃっちゅうてゆうとったが」

「夢のまた夢じゃけど……」

兄はフッと肩をすくめた。「憧れるばっかしで何《なん》もせんにゃあ、夢もかなわんし、奇跡も起こらんじゃろうが」

「そうじゃけど、どうすりゃあええんかわからん」

「自分で考えぇいや」

ポンと強く背中を叩かれた。

「ヒロキはスティーヴン・スピルバーグちゅう監督が好きじゃったろう？」

「うん」

「〈未知との遭遇〉っちゅう新作が二月に封切りになるらしいが」

知っていた。

僕らがさんざん読んでいる映画雑誌に、その記事があったからだ。

空飛ぶ円盤（UFO）をテーマにした作品らしく、山の上に覆い被《かぶ》さるように降下している、光り輝く巨大な宇宙船の写真が載っていた。それを見て圧倒され、僕は期待に胸を膨《ふく》らませていた。

UFOという言葉を初めて知ったのは、イギリスのSFテレビドラマ〈謎の円盤UFO〉という作品だった。僕はまだ五歳になったばかりだから内容をあまり憶えていないが、地球を侵略するためにやってくる宇宙人のUFOに対して、極秘に組織された地球防衛軍《SHADO》が戦いを挑むというシリーズで、兄が夢中になって観ていた。

ノストラダムスの大予言やユリ・ゲラーの超能力などのオカルトブームが突如、国内で始まったのが七〇年代の半ば頃だが、ピンク・レディーが〈UFO〉を歌ってヒットさせたのは、まさにこの七七年の十二月だった。

「俺もUFOを目撃したことがあるど」

僕は笑って兄を見た。「それ、なんべんも聞かされたいね」

「そうじゃったのう」

兄がそれを目撃したのは市内にある愛宕山《あたご》だった。

ちょうど僕と同じ十三歳のとき、この愛宕山の頂上付近に不思議な光が降りてくるのを兄は見たという。

七月七日の七夕《たなばた》の夜だった。

兄は門前地区にある従兄《いとこ》の家に遊びにいっていて、遅くなって自転車でひとり帰る途中だった。眩《まぶ》しい楕円《だえん》形の光が水平に回転しながら、ゆっくりと愛宕山の頂上に降下し、すぐに上昇していった。

見たところ、市営バスぐらいの大きさだったという。

恐怖に駆られた兄は、夢中でペダルを漕いで我が家に戻ってきたそうだ。

ところが両親も彼の友達も、兄が見たものを信じなかった。嘘つき呼ばわりされたわけじゃないが、米軍のヘリコプターを見間違えたのだろうとか、目の錯覚《さっかく》でありもしないものを見たんだろうなどといわれ、兄はいたく立腹したらしい。

一方で、弟の僕に対しては何度か目撃談を話してくれたものだった。

以来、僕もＵＦＯという神秘の存在に憧れ、ことあるごとに夜空を見上げたり、我が家の二階の窓から夜の山を眺めたりしたものだった。もちろん兄がいったような怪現象は一度たりとも見ていない。

「兄ちゃんは〈未知との遭遇〉、観るんか？」

「もちろんじゃ。実はもう京都の映画館の前売り券を買《こ》うちょる。彼女のぶんも」

なにげなくいわれて驚いた。

「もしかして、向こうで付き合《お》うちょる女性《ひと》がおるんね？」

すると兄はニヤッと笑い、

「これからアプローチじゃ」

まるで少年のように人差し指で鼻の下をこすった。

＊

スティーヴン・スピルバーグ監督によるＳＦ大作〈未知との遭遇〉は七七年にアメリカで製作され、同年公開されたが、日本で封切られたのは翌七八年の二月二十五日。岩国では、駅前の中通《なかどお》り商店街にあった岩国国際劇場という映画館で上映された。

封切りは土曜日だったが、ちょうど三学期の期末試験がかぶさっていたために行けなかった。試験が終わった三月四日の土曜日、午後の上映を観るために、僕らは自転車を連ねて映画館に駆けつけた。

三人とも首を長くしてこの日を待っていたのである。封切りからちょうど一週間が経過していたが、土曜日とあってさすがに場内は満員で、立ち見まで出たほどだ。僕らはなんとか前から五列目というかなりかぶりつきの場所に席を確保した。

予告編に続いて映画の本編が始まると、映画に没入した。

ポップコーンを食べることすら忘れ、銀幕に見入った。ときおり唐突に出現する、ネオンサインのようなデザインの宇宙船の特撮に度肝《どぎも》を抜かれ、家庭崩壊のドラマに胸塞《ふさ》がる思いとなり、それでも自分の信念に従って突っ走る主人公を目で追い、ラストの一大スペクタクルシーンには心底、圧倒された。

デビルズ・タワーと呼ばれる奇妙な形をした岩山の前を、きらびやかな光彩を放つ複数のUFOが画面狭しと飛び交い、ついに大伽藍《だいがらん》の如き満艦飾《まんかんしょく》の母船（マザーシップ）が轟音とともに山の向こうから姿を現し、ゆっくりと上下反転する。

そして人類と異星人たちの光と音の共演――。

僕は呼吸すら忘れて観入っていた。

ジョン・ウィリアムズの音楽とともにエンドクレジットが流れ始めると、周囲の観客たちはぞろぞろと席を立って退場を始めたが、僕ら三人はまるで椅子に背中が癒《ゆ》着《ちゃく》したみたいに動けずにいた。

やがてスクリーンの幕《カーテン》が閉じ、場内が明るくなった。

僕らはまだ前から五列目の座席に並んで座っていた。

「凄かった……」

映画館の名前が刺繍《ししゅう》されたカーテンを見ながら、僕がつぶやいた。

「ホンマに凄かったのう」と、隣の席にいるトシがいった。「ぶちのめされた」

しばし僕らは沈黙し、映画の興奮を頭の中で反芻《はんすう》していた。

トシがふいにいった。

「それにしても、なして主人公だけがひとりであの宇宙船に招かれたんか」

「大人になっても子供の心を残しちょったろ？　テレパシーで共感《きょうかん》したんじゃ」

自信たっぷりにいうモンペを、思わず僕は見た。

「おお、そういや、宇宙船から出てきた宇宙人がみんなこまい（小さい）子供みたいじゃったが、なるほどそういうことか？」

「映画の中に、ディズニーの〈ピノキオ〉がモチーフとして出てきたのを憶えちょるか？　あれも子供の純粋さっちゅう意味で使われたんよ」

「俺らもそろうてガキみたいな心じゃけ、そのうちＵＦＯに遭えるかもしれんのぅ」

トシがそういって肩を揺すって笑った。

僕は兄のことを思い出したが、口にはしなかった。

三人は、やっと席から立ち上がり、僕を先頭に一列になって、客席の間にある通路を歩き出した。いくらも進まないうちに足を止めた。てっきり自分たちが場内に残った最後の客だと思っていたのに、もうひとりいることに気づいた。

最後尾の客席。その中ほどにひとりの女性が座っていた。

長い黒髪と白いセーター姿。鼻筋の通った横顔を見て、僕はあっけにとられた。

「おい。あれ……」と、トシがささやいた。

「しっ」

モンペが口元で人差し指を立て、わざと僕の脇を肘《ひじ》で小突《こづ》いた。

「ヒロキ。がんばれよ」

トシを急《せ》かすように、ふたりでいそいそと場内から出て行った。

で、僕はといえば、その場に立ち尽くしていた。

ちょうど僕のいる通路の真横の列。すぐ近くの座席に彼女が座っていた。まっすぐ前を向いたまま、身じろぎもしないので、まるで人形がそこに座しているようだった。

胸の奥で心臓が大げさなほどに早鐘を打っていた。

僕たちふたり以外に誰もいなくなった映画館の場内。そこにひとりポツンと座っている彼女。どうしてだろうという疑問が頭をかすめたが、そんなことはどうでもよく、僕はただ、呆けたように彼女の姿に見とれていた。

そのとき、僕は気づいた。

彼女の頬をひと筋の涙が伝っていた。

それを見たとたん、僕はさらに硬直し、凍り付いたように動けなくなった。

ふいに彼女が振り向いた。少し驚いた顔で僕を見た。

すぐに頬の涙を指先で拭うと、すかさず席を立ち、足早に歩き出した。白いセーターの下はジーンズで、焦げ茶色のコートを小脇に抱えていた。壁際の通路を出入口に向かってたどっている。

客席の最後列まで行くと、彼女は出入口の防音扉に片手をかけた。一瞬、背中の長い髪が風に躍るのが見えた。

相変わらず僕は動けなかった。

案山子《かかし》のように立ち尽くしていた。

「ホンマに鈍《どん》くさいやっちゃのう」

手元にあった丸い小石を拾ったトシが手首のスナップを利《き》かせて投げた。それは水面を数回跳ねながら、対岸に向かって滑るように遠ざかり、やがて川面に消えた。

「せっかく三度目の正直じゃっちゅうて思うとったのに」

トシの声をよそに、僕は岸辺に体育座りをしながら、膝小僧に顎を載せていた。

映画館を出て自転車のペダルを漕ぎ、家に向かった。途中の井堰でふたりが待っていてくれた。期待に目を輝かせたトシとモンペの前で、僕はしょげ返って口を引き結んだ。言葉ひとつ交わせなかったと正直に報告するしかなかった。

「まだ名前も訊けんのか」

モンペにいわれ、僕は冷たい風になぶられるまま頷いた。

名前どころか、挨拶の言葉ひとつかけられなかった。

「お前が奥手なのは前から知っちょったが、実に情けないど」

産毛《うぶげ》が生え始めている顎を撫でながらトシがいう。

「トシこそ、四組の米村圭子《よねむらけいこ》にアタックするゆうとったが？」と、モンペ。

「おお。アタックしたいや」

トシが胸を張った。

「そんで、どうなったん」

「玉砕《ぎょくさい》じゃ。見事に振られたっちゃ」

開き直ったトシの肩をモンペが拳で二度、小突いた。「バッカたれが！」

ふたりの漫才を尻目に、僕は思いにふけり、さざ波を立てる川面を見つめる。

「とにかく、そうやってひとりで恋煩《こいわずら》いに悶々《もんもん》としちょるんなら、積極的に出たほうがええど。なんか有効な作戦はないんか。ラブレターを書いて渡すとか」

トシの提案を想像した僕は、また恥ずかしくなって眉根を寄せた。

「そんとなこと、やれるわけなかろうが」

「ここにシナリオライターがおるど。モンペなら一発で〝窓口の君〟のハートを射止める手紙を書けるけえ、代筆してもろうたらええが」

「やめれっちゅうに！」

懸命《けんめい》の抗議で、ふたりは少しの間、黙り込んだ。

遠く望める城山の向こうに少し膨らんだ太陽が沈もうとしていた。

「それにしても、ああやってあらためて見るとたいした美女じゃったのう」

トシが小声を洩らした。

「女優の関根恵子《せきねけいこ》にちぃと似ちょる」

モンペの感想にトシがこう返す。「いんやぁ、俺は原田美枝子《はらだみえこ》じゃと思うが」ふたりのかけ合いをよそに、僕はひとり鬱々《うつうつ》とし、またあの映画館の場内で見た彼女の姿を思い出した。

きれいな横顔を伝う、ひと筋の涙の意味はなんだったのだろうか。

あの一瞬の場面が、僕の心に刻み込まれていた。

初めてオリオン座の窓口で見かけた彼女。上映中、うっかり寝落ちをしたあとでハンカチを拾い、声をかけてきた彼女。そして今日の出来事。三つの邂逅《かいこう》が映画のモンタージュ技法のように複雑に組み合わさっては、僕の心を駆けめぐっていた。

ふたりの友が慰めてくれるのはありがたかったが、そんな彼らの気持ちは自分の中を空《から》っ風みたいに素通りするばかりで、僕は癒《い》やされぬ気持ちを抱えたまま、夕暮れが近づく川面をじっと見入っているのだった。

＊

〝窓口の君〟との四度目の邂逅はあっけなく訪れた。

三学期の期末試験が終わり、春休みが迫ったある日曜日、僕はひとり自宅近くにある図書館の閲覧室にいた。窓に面した長いカウンターデスクの一角に座り、映画の撮影技法に関するかなり難しい本に苦戦していた。

アルミサッシの窓越しに、道路の向こう側に小学校のグラウンドが見えるが、休みとあって児童たちの姿はなく、葉を落としたポプラ並木が初春の風に枝を揺らしている。

四月から中学三年になるし、そろそろ高校進学について考えなければならなかった。僕は将来、映画の世界に入ることを考えて、工業高校あるいは商業高校への進学を希望していた。大学の四年間は無駄《むだ》な時間のように思えたのである。

しかし両親はあくまでも大学入学を考えて普通科の高校への進学を望んでいた。父も母も、兄に続いて次男の僕に対しても、大学に行って、一般の社会人になってほしかったようだ。それが安定した人生だと思っているのだろう。

自分の進路を親に決められることには反発したし、最終的な決定権は自分にあると思っていた。

そんなことを考えながら本のページをめくっていると、ふいにデスクに影が差した。思わず顔を上げて、驚いた。

目の前に彼女の姿があったのだ。

地味なブラウスの上に紺色のカーディガンをはおり、焦げ茶色のスカートを穿き、きちんと脚をそろえて立っていた。左肩に小さな革のショルダーバッグを下げている。

僕はあっけにとられ、控えめな化粧に彩られたその顔を見つめ、しばし言葉を失っていた。

信じられなかった。夢を見ているのかと思った。

「こんにちは」

彼女は挨拶をし、頭を下げた。背中に流していた黒髪の一部が肩からはらりと前に落ちたのを、片手でまた後ろに流した。

「こ、こんにちは」

狼狽えながら頭を下げ、僕は返礼をした。

「これ」

彼女は右手をショルダーバッグの中に入れ、白いハンカチをそっと取り出した。四角く折りたたんだそれを差し出してきた。

茫然と見ている僕に、彼女はクスッと小さく笑った。

「君の落とし物でしょ？」

僕はなおも狼狽えながら、黙って両手でそれを受け取った。ハンカチはきちんとアイロンがけがされ、きれいに折りたたまれていた。ほのかにいい匂いがしている。女性の香水の匂いだった。たしかに自分のもののはずなのに、まったく異質な、別物のように思えた。

それをあわてて足下の鞄に入れると、僕は彼女を見上げ、いった。

「わざわざ……ありがとうございます」

まるで他人の声のように聞こえた。

「何度も偶然が重なるし、そのうちにまた会えるんじゃないかと思って、ずっとバッグに入れてたの。さっき、そこの本屋さんにいたのよ。表通りに出たら、たまたま自転車に乗ってる君が郵便局の前を通りかかったのを見かけて、思わず追いかけてきちゃった」

「こ、この……ち、近くにお住まいですか」

「臥龍《がりよう》橋のすぐ手前にあるクリーニング屋が私の家」

すぐにわかった。

いつもトシやモンペと食べにいっているお好み焼き屋の並びだった。こんな身近なところに住んでいたとは驚きだった。

それにしてもきれいな澄んだ目だった。じっと僕を見ていた涼やかな視線が、ふっとカウンターデスクの上の本に移った。

「映画の本？　何だか難しそうだけど」

「あ……はい」

「いつもオリオン座に来てくれてありがとう。映画が好きなのね」

僕は頷き、思い切って訊いてみた。

「お、お名前は……」

「坂口《さかぐち》ふみ。ふみは平仮名《ひらがな》。古風な名前でしょ」

やっと聞けたとひそかに興奮した。

坂口ふみという名が、清楚《せいそ》な感じの印象によく似合っていた。胸の中で、その名を何度も繰り返していた。

「で、君は？」

「えっと、ふ、藤沢……浩樹です」

「ヒロキ君は中学生？」

「春から三年生になります」

彼女は僕が読んでいた本を指差した。

「もしかして、将来は映画を作る人になりたいとか？」

僕はまた頷いた。

ここで会話を終わらせるわけにはいかず、必死に話の接《つ》ぎ穂《ほ》を探した。

「あの……あ、あそこでずっと働いちょられるんですか」

「ちょっとしたバイト。東京の大学を出て、しばらくあっちに住んでいたんだけど、けっきょく実家に戻ってきちゃった。ここで職を探していたら、たまたま見つかっただけ」

「そうだったんですか」

「でも、好きよ。映画」

「オリオン座は基地のガイジンの客ばかりじゃけど、怖《こお》ぅないんですか」

「別に。お客さんたち、みんな優しいし」

そのとき、僕は思い出した。

岩国国際劇場の僕ら以外に誰もいなくなった客席の一角で、ひとり静かに涙を落としていた彼女の姿。とたんに胸が熱くなった。

「〈未知との遭遇〉……」

「え」

驚くふみに向かって、僕は初めて微笑んだ。

「ひとりで観に来ちょられたし、お好きなのかなちゅうて思いました」

ふみは細めた目の視線を僕に向けた。「君も？」

「もちろん、大好きなんです。スティーヴン・スピルバーグ」

興奮を抑えながらいった。

目をしばたたいていた彼女が涼やかな瞳に戻った。

「ね。ちょっとだけ私に時間をくれない？」

「ええですけど。なしてですか？」

ごまかされたような気がしたが、悪い気はしなかった。

ふみは少し間を置いてから、こういった。

「デートしよ」

今度は僕が驚く番だった。

岩国には、アメリカ軍海兵隊が駐留する基地の街と、岩国城のある城山に見下ろされる旧市街があり、それらがきっぱりとふたつに分かれて存在している奇妙な場所である。とりわけ観光名所である錦帯橋から岩徳《がんとく》線の西岩国駅に至る一帯は、戦禍《せんか》を免《まぬが》れたおかげで江戸時代からの古い町並みを残し、さながらちょっとした古都の趣がある。

子供の頃からずっと馴染《なじ》んできた光景で、僕はここが好きだった。

錦帯橋からまっすぐ東に延びる通りは、昔から大明小路《だいみようこうじ》と呼ばれていた。沿道には古い旅館や寿司《すし》屋、割烹《かっぽう》、土産物《みやげもの》店などが並ぶが、また大きく立派な門がまえの武家屋敷もいくつか残っている。町割りは碁盤《ごばん》の目状に刻まれていて、まさに城下町の風情である。

そんな街路を僕はふみと並んで歩いた。

互いに言葉少なだったが、ふみは楽しそうだったし、もちろん僕も上機嫌だった。というか、相変わらず緊張はしていたものの、彼女との会話のうちに少しずつこの状況に慣れてきたからだ。

女性に年齢を訊くのは失礼といわれていたが、大学を出て三年目だといっていたから、四年制の大学だとすれば、きっと二十五歳になるだろう。僕からすればずいぶん年上だからか、こちらを〝君〟呼ばわりするのだけど、それがちっとも不快に思わなかったのは、つまり彼女のキャラクターゆえかもしれない。

「君ぐらいの年頃のとき、この街が嫌いだったの」

ショルダーバッグを肩から外し、後ろ手に持って歩きながら、ふみはいった。「――いかにも地方都市っていうか。時代に取り残されてどんよりと淀《よど》んだ空気みたいなものがずっと息苦しかった。だから東京の大学に進学して、そのままあっちにいようと思っていたのね」

「なして戻られたんですか」

「なんていうか……呼ばれたっていうのかな」

「ご家族に?」

「この街によ。突然、郷愁《きょうしゅう》が胸に湧いてきたんだね。ちょうど母が亡くなったし、家に父ひとりになったから寂しそうだったし。それで帰ってみると、意外にここは悪くないなって思った」

「僕も好きです、この街」

「そう。だけど、君はきっと東京に行く」

「え」

「だって将来は映画を撮りたいんでしょう?」

彼女は僕を見て笑った。「きっといろいろと苦労する。そんなとき、私みたいにふっとこの街のことを思い出すかもしれないね」

言葉を返せずにいると、ふみは往来の途中でふいに足を止めた。

大きな店構えの漬物屋《つけもの》の前だった。〈まるきん〉という店名の大きな看板がかけられ、白壁に格子窓《こうし》、重厚な瓦屋根《かわら》の、いかにも老舗《しにせ》という感じで風格のある店だ。

「入ってみようよ」

ふみは僕の返事を待たず、入口から中に入った。

実はこの漬物屋、小学校以来の同級生の実家だった。だから、何度かここに来たことはあるのだけど、さすがに彼女といっしょに敷居《しきい》をまたぐのは気が引けた。

「何してるの。こっち」

ふみに手招きされ、僕は仕方なく引き戸から中に足を踏み入れた。

そこは広い土間になっていて、どこか湿っぽい独特の空気が漂っている。そんな中、いくつかの木製テーブルにいろいろな種類の漬物が並んでいる。

観光客らしい中年の男女が若い女性の店員と向き合って歓談し、小皿に並んだ試食の漬物を爪楊枝《つまようじ》で食べていた。

ふみもテーブルに置かれた試食の漬物を爪楊枝で刺しては口に入れた。

奥歯でポリポリと噛む音をさせながら、僕を見た。

「美味しい。食べてみる?」

「僕はいいです」

遠慮したとき、奥のガラス戸がガラリと開いた。

暗がりから三分刈りの坊主頭がひょいと覗いた。

漬物屋の長男、森脇五郎《もりわきごろう》だった。中学の同級生である。

「あ。藤沢?」

僕は少し狼狽え、ごまかすように小さく手を上げた。「おお」

こちらを見ていた藤沢の視線がおのずと移動して、隣に立つふみに向かう。ポカンとした様子で彼女を見ている。

「ひ、広島から来た従姉《いとこ》なんよ」

五郎が目をしばたたき、口を半開きにしたまま、「どうも」といった。

その赤らんだ顔を見て、僕がいった。

「なんじゃ、その顔。奈良《なら》漬を食うたときみたいじゃが?」

とたんにふみが肩をすぼめ、掌《てのひら》で口元を押さえながらクスッと笑った。

「どうして嘘ついたのよ」

バッグを後ろ手に持って横を歩きながら、ふみがいった。

相変わらずどこか楽しげである。

大明小路もそろそろ終点に近づき、すぐそこに錦帯橋が見えていた。観光バスが近くに停まって大勢の客たちが降りている。

「どうしてっちゅうて、そりゃあ、同級生にこんとなことを知られとうないちゅうか」

「そうなの？」

僕はなんと続けていいかわからず、坊主頭を指先で掻いた。

「初心《うぶ》なのねえ。女性と付き合うのが恥ずかしいんだ」

「そりゃ、ふみさんは東京に長《なご》うおっちゃったけえ、こういうのに慣れちょってじゃろうけど……」

「そうかな」小首をかしげ、ふみが笑う。「そうかもね」

覗いた前歯が白くてとてもきれいなことに気づいた。まるでモデルのようだと思ったとき、いきなり彼女は僕の手を取り、腕をからませてきた。

ドキッとした。

彼女の化粧の香りを意識し、胸の鼓動《こどう》がまた聞こえ始めた。

僕は恥ずかしくなって、思わず周囲に目をやった。もちろん誰が見ているわけでもない。けれども女性、それも年上のきれいな女の人から腕を組まれるなんて初めてのことだったし、どうリアクションをすればいいかわからない。

きっとさっきの五郎みたいに、顔が真っ赤になっていたに違いない。

「どうしたの。そんなに緊張したりして」

こっちを見てふみがいう。

「いや、その……」

しどろもどろに応えて、僕は額の汗を拭った。

鞄の中のハンカチを思い出したが、それを引っ張り出す余裕があるはずもない。

錦川の土手に出た。目の前が錦帯橋である。正面から見ると五連のアーチが対岸に向かって段々に重なっている。そこを大勢の人々が歩いていた。ふみが券売所の窓口でふたりぶんの往復チケットを買ってくれ、僕らは橋を渡り始めた。

最初のアーチはゆるやかな坂。ふたつ目からやや急な木の階段になる。

さすがにふみは僕の腕から手を離していた。階段ではバランスを崩しやすいからだ。

階段を上り切ったところで足を止めたふみが欄干《らんかん》に手をかけ、錦川を見下ろしている。川風が冷たかったが、ふみの長い黒髪が揺れるのを見るのは好きだった。指先で髪の毛を耳の後ろに流す仕草が色っぽかった。

「昔から橋が好きだったの」

片手で髪を押さえながら、ふみがいった。独白《どくはく》というか、まるでドラマのナレーションみたいな感じで、そっとつぶやいた。

「橋って、この橋のことですか」

ふみはやや上流にあるもうひとつの橋を指差した。錦城橋《きんじょう》というコンクリと鉄骨の橋で、折しも数台の車が行き交っているのが遠望できた。

「あんなふうに車が通れる橋じゃないよ。私が好きなのは、人が自分の足で歩く橋」

僕は足下を見た。木造の階段。たしかにここは車が走れない。

「世界じゅうのそんな橋を見て歩きたいな。橋って、ほら、いろんな構造とか形があるでしょう？　例えば木で作られたり、石で作られたり、アーチ型や一直線だったり……」

遠くを眺めながらふみがいった。「そもそも橋って、ふたつの離れた場所を結ぶ道じゃない？」

「そうですね」

対岸に目を向けながら、僕は同意した。

「だとしたら、現実と仮想の場所を結ぶことだってある」

意味を理解できず、僕は黙っていた。

彼女は髪を押さえたまま、うっすらと笑う。

「萩原朔太郎《はぎわらさくたろう》って詩人、知ってる？」

「ええ……いちおう」

「『橋』っていう彼の詩があるの」

ふみは欄干にもたれたまま、それを口にした。

すべての橋は、一つの建築意匠《いしょう》しか持つてゐない。
時間を空間の上に架け、
或《あ》る夢幻的な一つの観念《イデア》を、
現實的《げんじつ》に辨證《べんしょう》することの熱意である。
橋とは——夢を架空した數學《すうがく》である。

「——映画マニアの君に、文学の話は畑が違ったかしら？」

涼やかな目で遠くを見ながら、彼女が訊いた。

ちょっと考えてから、僕は苦しまぎれにいった。

「小説や詩は好きです」

「やっぱりヒロキ君はインテリ中学生なんだね」

「ほいじゃけど、その詩の意味はようわからんです」

「この詩に関して朔太郎はこう説明しているの」

ふみは空に目を向け、つぶやいた。「――〝あはれな、たよりのない、木造の侘《わび》しい橋は、現實《げんじつ》の娑婆《しゃば》世界から、彌陀《みだ》の淨土《じょうど》へ行くための、時間の過渡期的經過《けいか》を表象し、水を距てて空間の上に架けられてる。それ故に河の向うは彼岸《ひがん》（靈界《れいかい》）であり、河のこつちは此岸《しがん》（現實界）である〟」

朔太郎の詩を諳《そら》んじていることに驚いたが、そんなことまでスラスラと口を突いて出てくるのだからあっけにとられる。

錦川にはこの錦帯橋以外にもたくさんの橋が架かっているし、僕はそれらを当たり前のように渡って暮らしてきた。しかし、ふみがいったようなことを考えたことはなかった。

僕は眼下を淙々《そうそう》と流れる川面に視線を落とした。

「――金沢《かなざわ》の街には、昔から奇妙な風習があるの。お彼岸の中日《ちゅうにち》の真夜中、誰にも見られずに独り、浅野《あさの》川にかかる七つの橋を黙ってひと筆書きみたいにたどりながら歩く。そしたら、寝たきりなどの長患《ながわずら》いにならずにすむそうよ」

「どういうことですか」

「つまり現実の橋を、三途《さんず》の川にかかった橋に見立てた願掛《がんか》けなの」

「さっきふみさんは、ふたつの世界を結ぶ橋が好きちゅうていわれたけど」

そういいながら、僕は少し不安になった。

「好きというか、憑かれてるのかも」

「憑かれてる……」

「現実の世界があるんだから、その外側に異世界っていうか、非現実の世界があってもおかしくないよね」

「なんか、ふみさんのお話って凄すぎてわからんです」

彼女はまた肩をすぼめた。

「でも、察するところ、君はきっと八割がた理解してる」

ふみは黙って欄干から離れると、また歩き出した。アーチ状の階段を降りながら、対岸に向かっている。その後ろ姿を僕は追いかけた。

木の階段を上り、また降りてゆく彼女の後ろ姿が、まるで陽炎《かげろう》に包まれているみたいに奇妙に揺らいで見えたような気がした。

対岸は横山という地区で、岩国城がある城山の山懐《やまふところ》になる。

ここは大明小路界隈よりもいっそう古色《こしき》豊かな場所で、昔の屋敷跡の朽ちかけた土壁が連なり、どんよりと緑色によどんだ堀割《ほりわり》がめぐらされ、古い石橋が架かっている。

子供の頃からここにはよく遊びに来ていたが、なんだかタイムスリップしたような奇妙な感覚にとらわれることがあったし、道の向こうからいきなり刀を差した侍が歩いてきそうな気がしたものだった。

堀割に沿って道をたどると、向こうにロープウェイの山麓《さんろく》駅の建物が見えてきた。

ふみは勝手にどんどん歩いて行き、ここでも窓口で往復チケットを買って、僕に渡してくれた。コンクリの階段を上り、係員の男性に案内されてゴンドラに乗り込む。

乗客は家族連れなど数人。

出発のベルが鳴ると、ゴンドラがかすかに揺れ、ケーブルを伝ってゆっくりと昇り出した。後ろの窓際で野球帽をかぶった小学生らしい男の子がはしゃいでいたが、僕たちはその隣に立って景色を見下ろした。

標高二百メートルの山頂まではたかだか時間にして三分の運行だが、次第に高度を上げていくうちに眼下に町並みがパノラマとなって広がっていくので、思わず窓越しに見入ってしまう。

何よりも、憧れていたあの〝窓口の君〟と、こうしてふたりでいる。まるで神様がプレゼントしてくれた奇跡のように僕には思えた。

ふみから漂う化粧の匂いを感じていた。僕の周囲にいた同世代の女の子たちとは違う、大人の女性であることを意識させるが、だからといって遠くて手の届かない存在ではない。それはふみのどこか少女っぽい、天真爛漫《てんしんらんまん》な態度ゆえかもしれない。

山頂駅でロープウェイを降りると、木立に挟まれた路をたどって歩き、やがて岩国城に着く。

慶長《けいちょう》十三年（一六〇八年）に岩国の初代藩主、吉川広家《きっかわひろいえ》によって築城された、いわゆる山城であるが、完成から七年後に幕府の一国一城令によって取り壊しの憂《う》き目に遭った。

今こうして建っているのは、戦後に再建された復興天守である。

城の前には見晴らしのいい展望台があり、ここからも景色を眺めることができた。

コイン式の双眼鏡がいくつか並び、子供たちがそれらにとりついていた。

僕はふみと並んで、西岩国の市街地を見下ろした。

自分たちが生まれ育ち、住んでいる街を、こうして鳥の目線で見下ろすのは、やはり新鮮な感動がある。僕の家がある錦見、ふみの家があるという臥龍橋通り。遠くには錦川が今津川と門前川に分かれて三角州を形成し、そのずっと先に米軍基地が見えていた。

あの基地の手前にある映画館オリオン座で、初めてふみを見かけたのだった。

ちょうど彼方に轟音がし、米軍機らしい機影が南の空から飛来したと思うと、高度を下げて滑走路に滑り込むのが見えた。ゴウゴウという音がしばらく聞こえていた。

まだ夢を見ているような気がした。

しかし側に立っているのはまぎれもない〝窓口の君〟であり、坂口ふみという名の、僕の兄よりも年上の、大人の女性だった。

彼女の横顔にそっと目をやった。

あの日、岩国国際劇場の映画館で会ったとき、誰もいなくなった劇場内にひとりぽつんと座っていた姿。その頬に流れるひと筋の涙を僕はたしかに見た。

「ふみさん。〈未知との遭遇〉、どうでしたか？」

彼女は僕を見た。「何度も訊くのね？」

「じゃけど、ふみさん。答えてくれんかったけぇ」

「そっか」

また遠くに目を戻した。

「大好きだよ。観るの、楽しみにしてたから」

「やっぱし、ほうじゃったんですね」

「昔からずっとUFOに興味があったし」

「ホンマですか」

「いろいろ調べたりもしたの。日本じゃユーフォーっていうけど、英語ではユー・エフ・オー。Unidentified Flying Object ――未確認飛行物体という意味よね。つまり鳥でも飛行機でも、正体がわからなかったらすべてUFOってわけでしょ」

「そりゃ夢のない話じゃのう、ふみさん」

「あら。ごめんなさい」

「ほんならUFOの存在は信じちょらんですか」

「あなたは？」

「僕は……信じるちゅうか、おったらええなあと思うちょるぐらいで」

彼女は肩をすくめて笑い、真顔に戻った。「実はね、見たことがあるの。UFO」

「錯覚とかじゃのうて？」

「あんなのが錯覚なわけない。ただ、私がまだ……そうね、あなたよりもずっと小さなときで、九歳……小学四年生の夏に不思議な体験をしたんだよ。聞きたい？」

「うん」

僕はまじまじと彼女の顔を見つめ、そういった。

「ちょうど七月七日の七夕の夜だった。私、その日は叔母《おば》の家に母と泊まってたんだけど、真夜中に眠ったまま寝床から出て外出したらしいの」

「夢遊病《むゆうびょう》みたいじゃけど」

「まさしく夢遊病だったんでしょう。でも、そのとき、私は誰かに呼ばれたような気がしたのよ。気がついたら、誰もいない夜の山の中にポツンとひとりで立ってた。自分に何が起こったのかわからなくて怖かったし、凄く寒かった。七月になったばかりだけど、まだ風が涼しくてね。何しろパジャマ姿で裸足《はだし》だったから」

僕は固唾《かたず》をのんで彼女の話を聞いた。

「遠くに街明かりが見下ろせたから、どこかの山の中にいるってわかったけど、だからといってどうやって帰ればいいかわからない。雲ひとつない夜空で、星が凄くきれいだったのを憶えてる。あんなにたくさんの星を見たのって初めてだった。まるで暗い空いっぱいにたくさんの宝石をちりばめたみたいだった。手を伸ばしたら届きそうに思えた。だけどやっぱり不安だったし、自分の身に何が起こったかわからなくて怖かった。だから私は声を出して泣いた。いっぱい泣いたの」

ふみは口を引き結び、それからいった。「ふっと気配に気づいて顔を上げたとき、視界の隅で何かが光った。てっきり誰かが私を捜しにきてくれた、そのライトだとばかり思ったんだ。でも……そうじゃなかった」

ふみは言葉を切って、かすかに眉根を寄せた。怖かった体験を思い出したせいだと、僕は思ったけど、何もいわなかった。とにかく続きが知りたかった。

彼女はしばし黙っていた。

また轟音が聞こえてきて、遠くに見える米軍基地の滑走路を軍用機がジェット音を立てながら滑り、離陸したかと思うと、彼方へと消えていった。

ゴウゴウという音だけがいつまでも空に残っていた。

「光はね、上から降ってきたの。夜空を見上げたら大きい〝船〟がそこに浮かんでいた。全体は楕円形だけど複雑な形をしていてね。あちこちがネオンサインみたいに輝いていた。それが私のすぐ真上にいて、いきなりそこから光が投げかけられたのよ」

ふみがいった。「まるでサーチライトで上から照らされたみたいだった」

「それってあの映画の場面にそっくりじゃ」

彼女が真顔で頷いた。

「正体を見たかったけど、何しろ眩しくてまっすぐ目を向けていられなかったし、とにかく怖くてたまらなかった。だけどね、あとになって考えてみると、その光がとてもきれいだったのよ。ただライトを当てられるんじゃなくて、数え切れないほどの細長い光の束があって、それがひとつずつ違う色をしているの。光というよりも、まるで輝く液体みたいにそれぞれがもつれ合ったりして、ゆっくりと揺らいでいた。それを見ているうちに私は気が遠くなってた」

僕はポカンとふみを見つめていた。

嘘をいってるんじゃない。頭がどうかしたのでもない。やはり、ふみは本当にそれを体験したのだと思った。それを信じさせるような凄みのようなものが彼女の表情にはあった。

「それで……どうなったんですか」

「それきり、憶えてない」

「え」

「気がついたら病院だった。両親が心配そうにこっちを見てたの。おまわりさんもいて、あれこれと訊かれたけど、私、どう応えていいかわかんなかったし、見たことは黙っていた。どうせ誰にも信じてもらえないと思って、父と母にもそのことはいわなかった」

「ほいじゃあ、なして僕にゆうてくれたんですか」

「それはね」ふみは目を細め、こういった。「君と私は共感性があるからよ」

「きょ、共感性？」

「君を見てすぐにわかった。私と同じ人間なんだって」

「どうゆうことですか」

「UFOが宇宙人の乗り物かどうかは知らないけど、あれが見える人と見えない人っているんだと思うの。私の周りに同じ感覚を持ってる人はいなかった。でも、あなたは特別。他の人とは違う、なんていうかな……波長みたいなものを持ってるのよ」

「じゃったら、僕もいつかUFOを見るちゅうことですか」

そういったとたん、兄の優人の話を思い出した。

その記憶が唐突に僕の中に流れ込んでくるような気がして、一瞬、凍り付いた。

「どうしたの？　ヒロキ君」

「もしかして、ふみさんが立っていた山っちゅうのは愛宕山じゃないですか」

ふみは頷き、真顔で僕を見つめた。

僕は景色に目を戻した。

眼下を流れる錦川が大きく蛇行する先に、牛野谷《うしのや》という地区があり、市民球場が見えていた。その向こうに地元民から愛宕山と呼ばれる小高い丘のような山が、緑に包まれながらこんもりと盛り上がっていた。

「私、あの晩、自分で登ったことも、誰かに助けられて下ろされたことも憶えてない。だけど場所はわかる。叔母の家の窓から、いつもあの愛宕山がよく見えたから」

彼女の言葉にあおられるように、僕の背筋を震えが駆け昇った。その興奮をなんとか抑え、どうにか落ち着きを取り戻した。

ふみは眉をひそめ、小首をかしげた。「でも、どうしてわかったの?」

「前に兄が……あの愛宕山に降りていくUFOらしきものを見ました。年は違うと思うけど、同じ七月七日の七夕の夜でした」

「お兄さんが?」

じっと僕の顔を見ていたふみが、ゆっくりと横顔を見せた。

かすかに眉根を寄せながら遠い景色を見ている。

「それって偶然じゃない気がする」

「僕もそう思います」

ふっと小さく息を投げ、ふみがいった。

「まさしくあの映画と同じね」

「〈未知との遭遇〉……」

「面白くなってきたじゃない。私たち、山に呼ばれているのかも」

「まさか」

あっけにとられてまじまじと見る僕を振り向き、ふみが笑った。前歯がきれいだった。

「いっしょにあの愛宕山に登ってみない？　もしかしたら、また遭えるかもしれない」

「遭えるっちゅうて、ＵＦＯに、ですか」

ふみが頷く。

「怖《こお》うないんですか」

「怖い……でも、それを克服したいの」

僕自身、ちょっと怖かったけど、それを名目にふみとまた会えることが嬉しかった。

もしもふたりで映画に登場したようなきらびやかな宇宙船に遭遇できたら、こんな凄いことはないだろう。

「行きます」

即答した。

あと数日経てば春休みだった。

＊

翌日、やや遅刻気味に登校して二年一組の教室に飛び込むと、同級生たちの目がいっせいに僕に向けられた。

瞬間、異変を感じた。

とりわけ顕著なのが女子たちだった。互いに顔を寄せ合って、こそこそと話し合っている。それを見て、僕はまさかと思った。窓際のいちばん前の席にいる森脇五郎が、こっちを見てニヤニヤ笑っているから確信した。

ツカツカと足早に歩み寄り、僕は五郎のニヤケ面をにらみつけた。

「お前、まさか」

五郎は一瞬、狼狽えたが、その表情が開き直りに塗り替えられた。

「広島の従姉ちゅうとったが、ありゃ嘘じゃろうが」

「な、なして……」

こちらが狼狽える番だった。

「こそっとあとをつけたんじゃ。ふたりでこそっと腕なんか組んじゃって、もう」

五郎が腕組みのポーズをとっていうと、何人かがドッと笑った。

とたんに体じゅうが熱くなった。恥ずかしさのあまり、顔から火が出そうな気がした。

周囲からの視線が痛い。女子たちがクスクスと笑っているのが見えた。まるで教室じゅうから自分が指差されているような気がして、僕は茫然となった。

「藤沢君って、年上の女性《ひと》が好みじゃったん？」

そういったのは学級委員の片岡敦子《かたおかあつこ》。ソバカスが散った顔でこっちを見ていた。

彼女の横に数人の女子が固まっていて、全員で笑っている。

僕はどうしようもなくこの場から逃げ出したくなったが、そんなわけにもいかない。頭が完全にのぼせ上がって思考停止状態になっていた。

そのときだ。

「お前ら、ええかげんにせぇや」

耳に馴染んだ声が聞こえ、僕はゆっくりと振り向いた。

教室の入口に鞄を片手に提げたトシが立っていた。

学生服の襟元のカラーはホックを外し、片手をズボンのポケットに入れている。

「ヒロキがなんか悪いことしたんか？　そうやって寄ってたかって、笑いものにせんでもええじゃろうが」

周囲が黙り込んだ。全員の顔から笑みが消え、中には気まずそうに俯く者もいた。

トシの後ろから、学生鞄を肩に載せたモンペが入ってきた。黒縁眼鏡を指先で押し上げると、こっちを見てわざとらしく片目をつぶった。

さらにふたりの背中を軽く押すようにして、青いジャージ姿の担任教師、菅川が入ってきた。

「何を朝から騒いじょるんじゃ。学活を始めるど」

教壇に立って出席簿を挟んだバインダーを教卓に載せると、大きく咳払《せきばら》いをした。

「片岡！」

名前を呼ばれ、学級委員の敦子が緊張した顔になった。

「何しちょる。早《はよ》う号令をかけんかい。日が暮れるど」

あっけにとられた顔になっていた敦子が、ようやく自分の責務を思い出した。

「起立！」

大きな声で号令を飛ばすと、二年一組の生徒たちがいっせいに椅子を引いて立った。

「礼っ」

生徒たちが椅子に座ると、菅川はニヤッと笑った。

「すっかり春じゃのう」

その言葉の意味を深読みして、僕はまた恥ずかしくなった。


「ハゲ川の奴、ずっと俺らといっしょに廊下におったんよ」

体育着姿のモンペが、僕にそっと耳打ちした。

思わず彼の顔を見つめた。「ホンマか。ほいじゃ、ぜんぶ聞かれちょったん？」

「そういや」

モンペは意地悪くニヤッと笑った。

午後の五時間目、体育の時間だった。二年一組の男女が体育着になり、グラウンドの端にある二面のバスケットコートでボールを追っている。それぞれ一チーム五人ずつのゲームなので、あぶれた生徒はコートの外で体育座りをして順番を待っていた。

目の前でトシがボールを弾ませ、ドリブルをしながら軽快に走っている。

もともと運動神経がいいから、ボールはしょっちゅうトシに渡る。これまで二度もゴールを決めていた。相手側のゴールに肉薄し、コートを蹴ってジャンプ、片手でボールを放った。

ボードに当たって弾んだボールが見事にゴールの輪をくぐって落ちてきた。

菅川がホイッスルを吹き、味方チームが歓声を上げる。とりわけ、女子たちの黄色い声が大きい。さすがに俳優を目指しているだけあってトシはハンサムだし、坊主頭でも女子からモテた。前に意中の相手からは振られたと自嘲《じちょう》したが、きっとあれは嘘だったと思う。

一年生のときからテニス部やハンドボール部などの運動部に引っ張られたが、けっきょくトシはどこにも入部しなかった。僕たちとつるんで、映画の趣味を楽しみたかったからだ。

テニス部の顧問《こもん》で二年の担任を受け持った菅川からも「運動せんでもったいないのう」とさんざんボヤキをもらったが、今もってどこの部にも所属していない。春からは三年だし、華《はな》やかなスポーツの世界に染まらぬまま高校に進学するのだろう。

「お前ら、うまく行っとるんじゃのう」

モンペにいわれ、僕は少し照れた。「図書館で会《お》うたんよ」

「声かけたんか？」

「オリオン座でハンカチを落としたけぇ、わざわざ持ってきてくれた」

以来、そのハンカチは僕の宝物となった。

数日経って、彼女の匂いはとうに消えていたが、きちんと四角くたたまれたそれを、僕は勉強机の抽斗《ひきだし》に大切にしまっていた。絶対に洗わずにいようと思っていた。

「デートしたっちゅうが、どこまで行ったんか」

「錦帯橋を渡ってロープウェイで城山に登ったっちゃ」

とたんにモンペが拳で僕の腕を小突いた。「そういうことじゃのうて、キスぐらいはしたんか？」

言葉の意味を知って、僕はまた顔が熱くなった。

「そんなことはせんけえ。腕、組んだぐらいじゃ」

モンペは少し顔を赤らめながら笑った。

「ええのう。憧れの〝窓口の君〟と運命の出会いっちゃ」

そういうと、小さく口笛を吹いた。奏《かな》でる歌がキャンディーズの〈年下の男の子〉のメロディだということに気づいて、僕はまた恥ずかしくなる。

「やめれっちゅうに」

肘でモンペの腕を小突き返し、僕は口を尖らせた。

「ほんで、次のデートは決まっちょるんか」

「いや……」

ごまかした。

愛宕山にふたりで登ってUFOに遭おうなんて約束、口が裂けてもいえるわけがない。

「莫迦たれ。女心と秋の空っちゅうて、早《はよ》う行くところまで行かんと飽きられるど」

「そんとなんじゃないっちゅうに」

僕は立てた両膝に顎を載せて、体を前後に小さく揺すった。

——おうい。藤沢、門脇！　お前らのチームの番っちゃ。何しちょるんが。コートに来んか！

ホイッスルを首からぶら下げた菅川に手招きされ、僕らは弾けたように立ち上がり、体育ズボンの尻の土を払いながら、コートに走っていった。

＊

我が家から歩いて五分ぐらいの場所。新小路《しんこうじ》という街路に肉屋や薬局などいくつもの店が立ち並び、その中に〈ことぶき写真館〉があった。

狭い店に入ると、カメラがいくつも並ぶガラスケースのカウンターの向こうに、セルロイドの縁の眼鏡をかけた中年女性が、薄紫色のセーター姿で丸椅子に座って女性雑誌を読んでいた。

「これに入れるフィルムが欲しいんですが」

僕はそういいながら、肩から下げていたバッグからムービーカメラを取り出した。

眼鏡のツルを指先でつまんだ女性店員が、僕の手元と顔を交互に見た。

「ええもん持っちょいでるねえ。これ、たしかシングル‐8でいちばん最初のカメラじゃろう？　〝私にも写せます〟っちゅうて、扇《おうぎ》千景《ちかげ》がテレビでコマーシャルしちょったいね。えらい高かったけど、あんたが買うたん？」

「父からもろうたんです」

僕は弱った顔で頭を掻いた。「フィルムを買いたいんです」

眼鏡越しにじろじろと僕の顔を見ていた彼女がいった。

「昼間の撮影用と夜間撮影用、それから白黒用もあるけど？」

「昼間用のカラーフィルムをください」

彼女は踵を返し、壁際の棚の抽斗を開けると、そこから取り出したものをガラスケースの上に置いた。緑色の紙箱で表面に〈FUJICHROME〉と書かれ、その下に〈R25〉と赤地に白抜きの文字が読めた。

抽斗からいっしょに取り出したカタログをめくって値段を告げた。

「現像料込みで千三百五十円じゃね」

財布を開いてホッとした。親からもらったばかりの小遣《こづか》いでギリギリだった。

レジ打ちを終えた彼女からレシートをもらった。

「ここでカメラに入れてもええですか」

「ええよ」

僕は紙箱を開封し、ビニールの包装を破って、フィルムのマガジンを取り出した。何しろ初めてのことだから、指先が少し震えていた。8ミリカメラの横蓋を開き、そこにセットして慎重に蓋を閉めた。

よし——と、心の中でつぶやいた。あとはファインダーを覗いて撮影するだけだ。

「それできれいな女の人でも撮るんね？」

だしぬけにいわれ、僕は棒立ちになった。

「ち、違います。花とか、ペットとかをいろいろと……」

「ふうん」

女性店員は少し笑った。

「無駄に回しんさんな。フィルム一本で三分ちょっとぐらいしか撮れんけえね」

「わかっちょります」

8ミリカメラをバッグにしまうと肩掛けし、店を出た。


午後四時に図書館の駐車場でふみと待ち合わせていた。

時間がギリギリになってしまったので、急いで自転車のペダルを漕いだ。

ドキドキしていた。

ふみとまた会える。いっしょに山に登って同じ時間を過ごせる。しかも僕のバッグの中には父からもらったシングル-8のカメラが入っている。

これでふみを撮影しようと思っていた。

マガジンに収まったフィルムは五十フィート(十五メートル)、毎秒十八コマの撮影で写せるのはたったの三分二十秒。それでも、これはきっと僕が撮る初めての〝映画〟で、彼女がヒロインとなる。もしもそこに本当にUFOが現れたら……?

そんなことを想像すると胸がときめいた。興奮に我を忘れそうになった。

図書館の前、駐車場に何台かの車が停まっていた。

その中にはっきりと目立つ、クリーム色の丸っこい車があった。ボディにもたれるように、ベレー帽をかぶった女性が立っているのが見えた。白いタートルネックのセーターの上に薄手の上着をはおり、ベージュ色のスラックスを穿いている。

坂口ふみだった。

僕は自転車を停め、彼女の姿と車を見比べた。

こちらはくたびれたデニムのジャケットにジーパン。野球帽。対照的なファッションだが仕方ない。他に着るものがなかった。

「五分遅刻。ダメじゃないの」

「すみません。これ……フォルクスワーゲンのビートルっちゅう車ですね」

車を指差すと、ふみが笑った。白い歯が眩しい。

「詳しいのね」

「いや、それほどでも……」

野球帽を取って坊主頭を掻き、照れ笑いを浮かべた。

「父の車なの。ちょっと借りてきちゃった」

「いいんですか」

「男の人とデートだっていったら、喜んで乗ってけって」

「お、男の人と……」

僕は絶句したが、また胸の奥でドキドキが始まっていた。

ビートルの助手席に収まると、ふみは運転席に座ってエンジンをかけた。狭い車内に彼女とふたりきり。前と同じ化粧というか、香水の匂いがして、僕はクラクラと目眩《めまい》を起こしそうになった。

ふみの運転は上手だった。前後を走る車の流れにうまく合わせて、安定したペースで走らせている。きっと東京で車に乗り慣れているのだろうと思った。

錦川にかかった愛宕橋を渡り、対岸の牛野谷地区に入った。ゆるやかな坂道を下り、住宅街に車を乗り入れ、狭い路を走っていく。

錦南《きんなん》住宅と呼ばれる宅地の手前を右折して、細道をたどると、やがて前方になだらかな稜線《りょうせん》を横たえる山が見えてくる。

愛宕山だった。

この山は岩国市の南側に位置し、牛野谷、門前、南岩国、平田《ひらた》といういくつかの地区が接するちょうど境目にあった。標高は百二十メートル、麓から中腹にかけて竹藪やヤマザクラなどに囲まれ、山頂直下には愛宕神社があって、地元民たちが年に一度の祭りを催し、奉納相撲《ほうのうずもう》大会も行われていたようだ。

ふみはハンドルを握りながら楽しげにあれこれとしゃべっていたが、なぜかこの山が見える頃から、急に押し黙ってしまった。そっと横顔を見ると表情が少しこわばっているのがわかり、その緊張が僕にも伝わってきた。

城山の展望台で話してくれた不思議な体験談を思い出した。

彼女は淡々と語っていたが、やはり怖いのだろう。少女時代の出来事だし、そこで得体の知れない存在に遭遇したとなれば、まさしくトラウマになっているはず。むろん、僕だって同じ体験をすれば——。


野原の一角に車を停め、僕らは歩き出した。

目の前に古い鳥居《とりい》が立っていた。つまりここが山の上にある神社への参道なのだとわかる。鳥居をくぐると竹藪の路だった。青々と茂った孟宗竹《もうそうちく》の群れに囲まれた隘路《あいろ》を、僕はふみとふたりでたどっていった。

僕が先で、ふみが後ろに続く。相変わらず会話はない。僕が持っているのは肩掛けのキャンバスバッグだが、ふみは何が入っているのか、青いリュックを背負っていた。

上り坂がどんどんきつくなり、やがてヒノキやクリの木などが鬱蒼《うっそう》と茂った、いかにも山道という感じになった。足場は悪く、岩に生えた苔《こけ》で靴底を滑らせたり、木の根に足を取られたりしながら歩いた。薄暗い雑木林の合間を縫《ぬ》うように急坂が続く。たかが百二十メートルぽっちの海抜《かいばつ》。登るのに三十分とかからないと舐めていたら、けっこう本格的な登山だった。

もちろんここを登るのは初めてだ。何しろ岩国には高い山がなく、先日、いっしょにロープウェイで登った城山や、学校の遠足でよく行った岩国山《いわくに》ぐらいだ。いずれも二百メートル程度の標高しかない。

この愛宕山だって、それよりももっと低いのに、なぜか体力を使う。

考えてみると、ふみは二度目のはずだが、不思議な体験をしたときの記憶がないとしたら、彼女にとってもここは初めての山といっていい。

それにしても幼少時にここで恐ろしい目に遭ったというのに、ふみはなぜここに来ようと思ったのだろう。恐怖を克服するためなんていってたけど、何か特別な、それも強烈な思いがあってのことではなかろうか。僕はそんなことを考えていた。

やがて前方に古色蒼然《こしょくそうぜん》とした雰囲気の神社が見えてきた。朽ちかけた看板が立っていて、〈愛宕神社〉と読めた。境内は意外に広く、拝殿の前には奉納相撲をとる土俵があった。

神社を通り過ぎると、いきなり林が切れて視界が広くなった。

頂上に着いたと思った僕が急に立ち止まったので、すぐ後ろにいたふみが背中にぶつかりそうになって、小さく声を上げた。

「ごめん」

振り返って詫びると、汗ばんだ顔でふみが笑った。

少し顔色が悪く、疲れた表情をしていたので、さすがに気になった。

「大丈夫ですか」

「うん」

ベレー帽を脱ぎ、長い髪を後ろに流した。

「昔から疲れやすい体質なの。母からの遺伝だと思うけど」

「お母さん……？」

「母。戦争中、広島にいたから」

「え」

ふみは少し笑い、下ろしたリュックの中からハンカチを取り出した。自分の汗を拭くのかと思ったら、いきなり僕の野球帽を取り、額に当てられたのでびっくりした。たんねんに僕の顔の汗をハンカチで拭いてから、次に自分の額の汗を拭った。

彼女とこうして知り合うきっかけとなったハンカチのことを思い出し、またドキドキしてきた。

ふみはハンカチをリュックの中にしまい込むと、ベレー帽をかぶり直し、僕の後ろを指差した。

「見て」

いわれて振り向き、驚いた。

やはりここは頂上だった。

周囲の木立は背丈が低く、おかげで街の景色を眺めることができた。大きく広がった眼前の光景は、まさしくあのとき、城山から見下ろしたときの岩国の街だった。

あちらは西岩国の風景だったが、今、ここから見ているのは牛野谷から門前と呼ばれる地区、さらには南岩国に至る海沿いの一帯である。錦川が二手に分かれた向こうに、米軍基地がかなり近くに見えていたし、その先に茫洋と広がる瀬戸内海と、そこに浮かぶ大小の島々のシルエットが青い影となって連なっていた。

僕はあっけにとられたように、その風景に目を奪われていた。いつも親や兄と買い物に行ったり、友達と映画を観に行った岩国駅前の繁華街が、まるでミニチュア模型の街のように見えている。

遠い海沿いにはパルプや紡績《ぼうせき》工場の長い煙突がいくつもあって煙が流れ、そのせいか、風景はどこか霞んでいた。

ゴウッと音がして、米軍の大きな飛行機が長い滑走路を滑り出した。

機体の後ろに紫色のガスを曳《ひ》きながら、それはゆっくりと上昇し、南の空へと遠ざかっていった。

空全体がうっすらと朱色に染まり始めていた。

真上を見上げると、吸い込まれるような無窮《むきゅう》の空間が広がっていた。

「ふみさん。ここにおって、怖《こお》ぅないんですか？」

そっと訊いてみた。

ふみは黙って前を向いていたが、かすかにかぶりを振った。

「不安だったけど、今は怖いっていう感じじゃないな」

「なしてですか？」

「小さな頃からずっと別の世界があると思ってた。あの眩しい光を見たとき、それを感じたの。自分がそことつながっていることが、はっきりとわかったの」

「別の世界……」

海のほうから風が寄せてきて、ふみの長い髪が揺れた。

僕はハッと思い出した。

いったんその場にしゃがむと、肩に掛けていたバッグを地面に置いて、中からシングル-8のカメラを引っ張り出した。しばしそれを両手で握りしめ、思い切って立ち上がった。

ボディ前面にあるレリーズダイヤルをロック状態の「L」から「R」に切り換えた。ダイヤル中央のシャッターボタンに指をかけ、両手でカメラをかまえながらファインダーを覗いた。

近くに立っているふみの姿を撮影の枠内に入れる。

自分の胸の鼓動がはっきりと聞こえた。緊張が最大限に高まっていた。

前面のボタンを押すと、毎秒十八コマのシャッター音が鳴り始めた。

ふみが驚いて振り向く。その顔を見て僕がいった。

「すみません。勝手に撮ったりして」

てっきり叱《しか》られるとばかり思った。

けれどもふみの顔に、ふっと自然な笑みが浮かんだ。わざとらしく右手を上げ、風になびく黒髪を背中に流した。

「いいの」

ふみは僕のほうを向いた。わざとつんとした横顔を見せ、少し背を反らしたポーズを取り、そっと目を閉じた。まるでプロのモデルのような仕草だった。

僕はファインダー越しに夢中で彼女の姿を捉えながら、興奮に突き上げられていた。

「ねえ。監督さん」

ふみがいった。「何かしゃべってもいいの？」

僕はシャッターボタンから指を離した。

たしかに音声録音ができる8ミリカメラがあるはずだった。フィルムの端に磁気帯《じきたい》がついているサウンドフィルムという奴だ。けれども僕のこのP1は録音機能が付いていなかったし、なけなしの小遣いでやっと買ったフィルムだってサイレントだ。

「しゃべってもええけど、音は撮れんですけえ」

「そうなの」

ふみはわざとらしくしなを作って微笑み、僕のほうを振り向いた。

野球帽のツバが邪魔《じゃま》になるので前後逆にかぶり直し、ふたたびシャッターボタンに指をかけ、カメラをかまえながら彼女の姿を撮影した。

ファインダー内に四角く切り取られた世界の中で、ふみがベレー帽を片手で取ると、そのまま両手を左右に伸ばし、バレエダンサーのようにくるりと回った。長い黒髪がさっと水平に散り、彼女が動きを止めるとふわりと肩に落ちた。

「どう?」

「かなり、ええです。ぶちイケちょります。もうちぃと大げさに動いてください。女優になったつもりで――」

草の中でしなやかに手を上げるふみ。

少女のようにはしゃぎ、地を蹴って躍動するふみ。

ふっと動きを止め、振り向きざまに悲しげな顔をするふみ。

撮影しながら、僕は有頂天《うちょうてん》だった。

あっという間にフィルムが尽きていたけど、僕はそれに気づかず、カメラをかまえ続けていた。眼前で華麗《かれい》に踊るふみの姿を、一瞬たりとも逃すまいと、我を忘れてファインダーを覗いていた。

カメラの中でモーターが空回りする音がむなしく響いているのにやっと気づき、シャッターボタンから指を離した。カメラから目を離し、すぐそこに立つふみにいった。

「カット!」

僕の声に彼女は振り返り、白い歯を見せて笑った。

地面に置いていたリュックからまたハンカチを取り出すと、額の汗をそっと拭った。そんな彼女を見ながら、まだまだ一挙手一投足《いっきょしゅいっとうそく》をカメラに収めたかった。三分二十秒という短い撮影時間が、これほど呪《のろ》わしく思えたことはなかった。

空が一面、はっきりと夕焼け色に染まり、しだいに夜が迫っていた。

愛宕山の頂上から見下ろす岩国の景色のそこかしこに、ポツポツと明かりが灯《とも》り始めていた。海の沖合を滑るように進む船にも、小さく光が見える。

ふみはビニールシートを持ってきていた。リュックから取り出して広げ、見晴らしのいい場所にそれを敷いて、ふたり並び座った。傍らのリュックの中からプラスチックの弁当箱をふたつ取り出し、ひとつを渡してくれた。

「お腹、空いたでしょ」

缶ジュースまで差し出されて、僕は驚いた。

「ええんですか」

ふみが頷いた。「食べよ」

弁当箱の蓋を開けると、海苔《のり》が巻かれたおにぎりが三つと、玉子焼き、ウインナー、キュウリにレタスなどが可愛く並べられていた。

「これ、ふみさんが？」

「うん」

「なんか、ふみさんのリュックはドラえもんのポケットみたいっちゃ」

彼女が肩をすぼめ、小さく噴き出した。

「そうね。魔法のリュックかも」

割り箸を割り、彼女が食べ始めたので、僕もならった。

実はお腹がかなり空いていた。山に登ったり、彼女を8ミリで撮影したり。興奮しっぱなしの一日だった。

弁当を食べ終えてからも、僕らはじっとそこに座っていた。麓から吹き上げてくる風は涼しかったけど、不思議と寒さは感じなかった。

ふたりの間に会話はほとんどなかった。けれども、退屈はしなかったし、これで良かった。この場所でこうしてふみといっしょにいて、時間を共有している。それだけでたまらなく幸せな気持ちになれた。

自分にとって、この女性《ひと》はなんなのだろう。

むろん、僕はふみのことが大好きで、たまたま運命のいたずらみたいな邂逅を経て、こうしていっしょにいる。しかし恋人同士という関係ではない。僕がどれだけ彼女を愛していても、どんなにふみが優しく微笑んでくれても、これが純粋に男女の関係であるとは思えなかった。

ふみはどうなのだろう。

なぜ、こうして僕といっしょにいて、僕に対して優しく応えてくれるのだろう。僕は立てた膝の上に、8ミリカメラを横たえていた。それをずっと握っていた。この中に彼女といっしょにいた時間の記憶が収まっている。そう思うと、かけがえのない宝物のように思えた。

時間がゆっくりと経過していく。

遠い景色はいつしか夜景となり、街明かりがまばゆいほどあちこちで光り輝いていた。米軍基地から放たれるサーチライトが、音もなく、ワイパーのように右に左に夜空を移動している。

ふと、ふみの母が戦時中に広島にいたという話を思い出した。

きっと原爆の災禍《さいか》に遭ったのだろう。

アメリカは日本に原爆を投下し、こんな基地を作り、ベトナムで戦争をしていた。この岩国という街で生まれ育ってきた。だからいつも身近に彼らがいた――その意味を僕は考えたことがなかった。

もしも宇宙人みたいな存在が本当にいるとして、彼らは僕たちのことをどう見ているのだろうか。いつまでも仲間同士で喧嘩をしている幼稚な種族を、そっと高みから見下ろしているのかもしれない。そんなことを考えた。

頭上を振り仰ぐと満天の星。

あまりに美しすぎて、まるで空に向かって吸い込まれそうな怯《おび》えがあった。今にもあの星の海から宇宙船が下りてくるのではないか。

それにしても、静かだった。

風はまったくなく、周囲の木立も揺れていない。虫のすだきも聞こえない。

少し寒かったが、ふみと身を寄せ合って座っていると、ほのかに彼女の温かさが伝わってくるようで心地よかった。

思春期と呼ばれる時期に入り、僕の中にも性の目覚めがあった。先日の夢精ではないけど、女性に対する情動もある。けれどもあのときの夢のように、直接的に自分の欲を満たしたいという感情はなかった。

今にして思えば、ふみに対する気持ちは、もしかすると母への慕情《ぼじょう》に近いものがあったかもしれない。とはいえ、母とふみはまったくタイプの違う女性だし、やはりプラトニックというかたちでの、これは純粋に初恋だったのだと思う。

別の世界——ふみがいった言葉が脳裡に浮かんだ。

あれはどういう意味だったのだろうか。

ＵＦＯが異星人の乗り物だとすれば、かれらのやってきた場所が別の世界ということか。それとも……そんなことを考えているうちに、ふと、前のデートでふみが口にした萩原朔太郎の詩を思い出した。

僕は図書館でそれを見つけた。

彼の『宿命《しゆくめい》』という詩集の中に、ふみが諳んじた『橋』という詩があった。

　すべての橋は、一つの建築意匠しか持つてゐない。
　時間を空間の上に架け、
　或る夢幻的な一つの觀念《イデア》を、
　現實的に辨證することの熱意である。
　橋とは——夢を架空した數學である。

何度繰り返して読んでも難解な詩だと思う。が、なんとなくニュアンスというか、ふみがいったように、此岸と彼岸をつなげる存在だとしたら、彼女がいう別の世界とは異星人がやってくる宇宙の彼方ではなく、あの世のことではないのだろうか。

ふいに視界の隅に光を感じた。

ハッと顔を上げると、僕たちのちょうど真上に大きな星が光っていた。

一等星よりもずっとまばゆい光だった。

見上げているうちに、それが星ではなく、どんどん大きくなっていることに気づいた。遙かな高みにあったそれが次第に高度を下げて、僕らの真上に降下しているのだ。

最初、ヘリコプターか何かかと思ったが、何の音もしない。形はラグビーボールのような楕円体だった。まったき沈黙の中で、その異様な光が次第に頭上に近づいてくる。

僕の中に緊張と恐怖が生じた。

「ふみさん……」

彼女の名を呼んだとき、ふみはゆっくりと立ち上がった。

黙って顎を上げ、上空から降下してくるまばゆい光を見上げている。その横顔。長い黒髪が風もないのに揺れていた。

「ふみさん……」

ふたたび彼女の名をつぶやいた。

その瞬間、僕たちは強烈な白い光芒《こうぼう》に包まれた。ありとあらゆるもの——周囲すべての世界がメタリックな輝きに彩られた閃光で満たされていた。しかも僕は金縛りに遭ったように、体をまったく動かせずにいた。瞬《まばた》きすらできなかった。

ふみは黙って歩き出した。

僕たちを包み込む光の中に向かって、ゆっくりと前進していく。その後ろ姿を僕は凝視していた。追いかけたくとも、足が踏み出せないのである。

やがてふみの姿は光の中で完全なシルエットとなり、強烈な輝きの中に溶けるように吸い込まれていき、見えなくなった。

——ふみさん！

僕は絶叫した。

突然、目が覚めた。

気がつくと、僕は隣に座るふみの肩に頭をあずけていた。

ゆっくり身を起こし、瞬きを繰り返した。周りの暗がりを見、遠くの街明かりを見つめ、それから頭上に視線をやった。僕たちの真上には相変わらず幾千もの星々が輝いていた。

　その間を、小さな光がゆっくりと滑るように移動しているのに気づいた。

　驚いて見上げているうちに、人工衛星だと気づいた。日没から二時間ぐらいまで、低軌道上を回る人工衛星が太陽光を反射して肉眼で見えることがあるらしい。

　やっと視線を下ろし、傍らのふみを見つめた。暗くて表情がわかりにくかったけど、彼女は微笑んだようだ。

「よく寝てたね」

　あわてて目をこすった。ポカンとしてまた周囲を見た。

「今の、夢……じゃったんか」

　僕はつぶやいた。

「どんな夢？」

「ふみさんが、あの光……」

　いおうとして、あわてて口をつぐんだ。

　うかつに言葉にしたら、それが本当に起きるような気がしたからだ。

　肩と背中が暖かいと思ったら、毛糸のチェック柄のショールがかけられているのに気づいた。僕が寝入ったときに、彼女がかけてくれたに違いない。

「これ、落としてたよ」

ふみが8ミリカメラを渡してきた。僕はそれを受け取り、大事に両手で抱えた。

「寒うないですか?」

肩からショールを取ってふみに返そうとした。

「大丈夫。君とこうしているとあったかいから」

その言葉が嬉しくて、僕は8ミリカメラといっしょにショールを膝の上で抱きしめていた。

もう一度、夜空を見上げ、それから周囲を見渡した。

小さな宝石をちりばめたような夜空と、愛宕山頂上の暗い木立が僕たちを取り巻いていた。不思議な光はどこにもなく、やはり夢だったのだと思ってホッとした。

「こうやっていつまで待っていてもUFOは来ないね」

寂しそうな彼女の声だった。

「やっぱし、七月七日じゃないと下りてこんのかもしれんです」

「七夕か……織《お》り姫と牽牛《けんぎゅう》が逢える日だよね。その日なら、願い事がかなうのかな」

僕は星空を見上げた。かすかに天の川が流れているのが見えた。

「きっとかないます」

「そうね」

ふみは少し笑った。

それからしばしの沈黙があった。僕は唇を嚙みしめて、言葉を探していた。

「また、会《お》うてくれますか」

思いきって、そう声をかけた。

ふみがそっと手を伸ばし、僕の手を握ってくれた。「いいよ」

その細い指の感触を感じていると、彼女がいった。

「でも、君はだんだんと大人になっていく。そして、そのうちに私に追いつくわ。そしたらまた、違ったかたちでめぐり逢うことができるかも」

「え」

彼女の横顔を見た。

けれども、暗くて表情がよくわからなかった。

「UFO、来ないかな」

ポツリとふみがいった。

さっき夢の中で——といいたかったけど、僕はやはり黙っていた。

ばかり思っていた。

＊

その晩から、僕は熱を出して寝込んだ。

実はふみのビートルの助手席に座って家まで送ってもらう間、少し顔が熱っぽかったし、背中に悪寒《おかん》を感じていたのだけど、彼女といっしょに過ごした興奮のせいだとばかり思っていた。

玄関前で別れを告げ、彼女の車を見送ったあと、家に入った。居間で父とテレビを観ていた母が「こんとな遅い時間までどこにおったんね」というので、ずっと友達の家にいたと嘘をついた。

二階の自室に上がってベッドに横たわっているうちに、だんだんと額が熱くなってきた。同時に寒気も感じた。そのまま寝入ったものの、ずっと悪夢にうなされていた。あの不思議な光の中にふみが入っていく夢を、何度も繰り返し見た。

翌朝も気分が悪く、体がだるかったため、母に風邪《かぜ》をひいたと告げた。

熱を測ると三十八度以上あった。喉が腫《は》れて、咳と洟水《はなみず》も凄かった。

母からは医者に行けといわれたけど、僕はベッドから起き上がる気力もなく、ずっと額に氷嚢《ひょうのう》を載せていた。まる一日が経ってようやく熱は下がったものの、相変わらず喉の痛みが続き、洟水も際限なく流れ出てきた。

うとうとと眠ってはいろいろな夢を見た。やはりふみの夢が多かった。彼女が実は異星人で、映画〈未知との遭遇〉に出てきたものとそっくりな、きらびやかな光彩を放つスペースシップに乗って、地球を去り、自分の星に帰って行く。何度も繰り返し見ているうちに、それが夢だと意識するようになったものの、やはり悲しさが針のように僕の心を刺して、その冷たい痛みを抱きながら目を覚ますのだった。

ふと、8ミリカメラのことを思い出した。

勉強机の上に横たえたままだったので、ベッドから降り、それを取って寝床に戻った。

撮影が終わったフィルムは、まだカメラの中に入れてあった。もちろんすぐに現像に出さなければならないが、我が家には肝心の映写機がなかった。どこかから調達できないかと両親に訊ねたがアテがないという。この時代、ムービーカメラも映写機も、まだまだ稀少《きしょう》なものだった。

発熱から四日目の朝、やっと外出できる気力と体力が戻った。

僕は新小路にある〈ことぶき写真館〉に撮影済みのフィルムを持ち込んだ。眼鏡をかけた女性店員がそれを預かり、「広島の現像所まで送るけえ、仕上がりに二日ほどかかるよ」といった。もちろん僕は待つことにした。

うちに帰ってくると、僕は勉強部屋のベッドに寝転がった。

仰向けになったまま、空のカメラを両手でかまえ、天井に向けながらファインダーを覗いた。四角く縁《ふちど》取られた視界の中に、ふっと坂口ふみの姿が見えたような気がした。

また小遣いを貯めてフィルムを買おうと思った。

彼女を撮影することしか頭になかった。

それなのに、次に会う具体的な約束をしていないのだった。今と違って携帯電話の番号を交換するなんてできる時代じゃないから、相手の家の電話番号を聞いておくしかない。それを別れ際にうっかり忘れていたのである。

午後、モンペから電話がかかってきて、「貴重な春休みを寝て過ごしよって」と笑われてしまった。

けれども僕には、彼女に会えないことのほうが寂しく思えた。

熱を出し、寝込んでいた三日間を思った。

悪夢やいろいろな夢にうなされ、心も体も苦しく、痛かった。目を覚ましたら、なぜだか僕は脱皮したような気がした。それまでの自分が消えてしまい、新しい自分になったように思った。もしかすると、子供から大人へと心と体が成長していく過程というか、変化のようなものだったのかもしれない。

翌日、僕は自転車に乗り、オリオン座に向かっていた。春風を感じながら川にかかった井堰を渡り、川下地区を通過し、米軍相手の猥雑な店が並ぶ基地道路にやってきた。いつもの空き地に自転車を停めて施錠をし、映画館の前に行った。

かかっていた映画は西部劇二本立て、クリント・イーストウッドの〈シノーラ〉とサム・ペキンパー監督作品〈ワイルドバンチ〉だった。作品のブロマイドが飾られた壁際のショーウインドウ前には軍服や私服のアメリカ人たちがたかり、チケット売り場の窓口にも数人の列ができていた。

僕は道路の反対側からそれをしばし見ていたが、意を決したように路を渡った。

初めてここで彼女を見かけたときのように、胸がドキドキしていた。

ちょうどチケット売り場の行列が進んで、あとふたりとなった。

モスグリーンのTシャツをマッチョな筋肉で膨らませたクルーカットの米兵と、ブロンドヘアにサングラス、ドレス姿のアメリカ人女性。僕はふたりの後ろに立って、そっと売り場の窓口を覗いた。

中に座っていたのはふみではなく、あの顔の細い初老の男性だった。

がっかりしていると、アメリカ人の男女がチケットの半券を手にして場内に入り、僕の番になった。

「あの……」

思い切って訊いてみた。「坂口さんは来られとりますか?」

男性は老眼らしい眼鏡を少し下げ、上目遣《うわめづか》いにこちらを見た。

「知り合いかね」

「ええ、いちおう」

売り場のガラス越しにじっと僕を見ていた男性は、ぼそりとこういった。

「やめたよ」

「え」

あっけにとられて、僕は彼を見つめた。「やめたって……ここを?」

「三日前にいきなり父親から電話が来てね。おかげで、こっちも困ってる」

「本人でのうて父親からですか？」

男性は頷き、手にしていた映画のチケットをちらつかせた。

「中学生かね」

「……やっぱり今日はよしときます」

小さく頭を下げ、踵を返して足早に歩き出した。

少し離れた場所で立ち止まり、振り向くと、オリオン座の前にまた大勢の米兵たちがたかっているのが見えた。

空き地に置いていた自転車のロックを外し、サドルにまたがると、僕はしょげ返りながらペダルを漕いだ。

川下地区を抜け、楠の並木の坂を下り、川にかかる井堰の上を渡っていると、ふいに左手、住宅地の向こうにあの愛宕山が小さく見えているのに気づいた。深皿を伏せたようになだらかに盛り上がった緑の山をじっと見つめていると、あの夜のことがいろいろと思い出された。

自転車を停め、僕はしばし彼方の山を見つめた。

ふみという女性が、急に自分から遠ざかってしまったような気がした。

錦川にかかった愛宕橋を渡り、そのまま川の右岸にある土手路を自転車で走った。

河川敷にある自動車学校の傍を通り、岩徳線の高架をくぐり抜けると、臥龍橋が見えてきた。その橋の袂《たもと》の十字路を右に折れ、ゆるやかな坂道の途中で僕はまた自転車を停めた。

ずっと先にある椎尾《しいのお》神社に向かう通りの途中、左手にいくつか商店が並び、模型店の袖看板の向こうにクリーニング屋のテント看板がかかっていた。

僕はまたペダルを漕ぎ、ゆっくりとゆるい坂道を走った。

クリーニング屋の前で自転車のブレーキを絞った。ペダルから片足を離してアスファルトの上に置いた。クリーニング屋の緑色のテント看板、そこにはたしかに〈坂口クリーニング店〉と書かれてあった。

店のシャッターは下ろされていた。

壁にかかった郵便ポストの隣、新聞受けの木製ポストの入口から、新聞がはみ出して垂れているのが見えた。テント看板の上には二階のサッシ窓があったが、ガラスの向こうにはカーテンが引かれていた。

生活の気配は皆無《かいむ》で、人けはまったくなかった。

——ヒロキ。お前、そこで何しちょんか。

突然、後ろから聞き慣れた声が投げられ、僕は驚いて肩越しに振り向いた。

自転車に乗ったトシがそこにいた。その隣に自転車を並べるモンペの姿もあった。

すぐ近くのお好み焼き店〈辰巳屋《たつみや》〉の店内、広い鉄板のあるカウンターに僕らは横並びに座っていた。

鉄板の向こうでは、エプロン姿の女将《おかみ》がお好み焼きを三人ぶん焼いている。

常連の僕らはタケさんと呼んで、すっかり顔なじみだった。

広島の食文化圏に入っているここ岩国では、お好み焼きといえば、焼きそばを挟む〝広島風〟と決まっている。もっとも僕らはそんな野暮《やぼ》ったい呼び方をせず、たんに〝お好み焼き〟といっていた。

小麦粉を溶いたプレーンな生地の上にキャベツ、もやし、豚肉を山のように盛り上げて焼き、器用にひっくり返して焼きそばの上に載せ、さらに玉子を溶いた上にそれを重ねる。肉押《にくお》さえという太くて丸い鉄の重石《おもし》をのっけてペッタンコになるまで火を通し、最後に刷毛《はけ》でオタフクソースをたっぷり塗って青のりを全体にまぶす。

ソースが焼ける甘い匂いが立ちこめ、僕のお腹がぐぅと音を立てた。

「ほい、お待ち」

タケさんができあがったお好み焼きを三つ、こちらに突き出してきた。

それを鉄板に載せたまま、小さなコテを使って、熱いのをはふはふと吹きながら頬張るのである。

「ほいで、彼女とはどうなったんね」

食べている途中、だしぬけにトシに訊かれたものだから、僕は熱いお好み焼きを飲み込みそこねた。あわてて氷水が入ったグラスを取ってゴクゴクと喉に流し込んだ。

これまでふみと二度ほどデートをしたことを簡単に話したけど、あの夜の出来事や、そのあとの顚末をまだ教えていなかった。どうしようかと考えたが、やはりふたりを前に隠し事はできなかった。

トシとモンペはお好み焼きに箸ならぬコテを付けることも忘れ、僕の話を聞いていた。

「ほれで、あのクリーニング屋の前にぽつねんと立っとったんか」

モンペが溜息交じりにいった。

「たしか先月まで、あの店、やっちょったど」と、トシ。

「シャッターが下りちょるけえ、どうしたんかと俺も思うた」

モンペが神妙な顔でつぶやく。

「まあ、この世からおらんようになったわけじゃあるまいし、そのうちにまた会えるじゃろうと思う」

僕はそういったけど、その言葉に自信はなかった。

「あんたらがゆうちょるのは、坂口さんとこのことかねえ」

ふいに声がしたので見れば、鉄板の向こう、壁際の椅子に座ったタケさんだった。

頭に巻いていた手ぬぐいを取り、左指に挟んだ煙草を吸っている。

「ここの通り沿いの店はどこも仲良うて、うちともずっと親《した》しゅう付き合うちょったのに、急に夜逃げでもするみたいにおらんようになってしもうたんよ」

僕らはタケさんの顔を見つめた。

心配そうな表情でかすかに眉根を寄せていた彼女は、横を向いてフウッと細く煙を吐き出し、それから傍らの机に置いた小さな灰皿に煙草を押しつけてもみ消した。


翌朝、新小路の〈ことぶき写真館〉に行くと、僕が現像に出した8ミリフィルムは仕上がっていた。

眼鏡の女性店員からそれを受け取ると、キャンバス地のバッグの中に大切に入れた。

店を出ようとすると、彼女が笑いながらいった。

「何かええもんが撮れたかね？」

僕は振り向き、苦笑いを返しただけだった。

帰宅し、自室に飛び込むと、それをバッグから取り出した。

現像された8ミリフィルムは、小さくて平べったい四角い紙箱の中に収まっていた。フィルムを入れていた元の紙箱と同じ緑色のデザインで、表面にはカメラを撮影する人のコミカルなイラストが描かれ、〈HOME MOVIE〉と書いてあった。

中に白いプラスチック製のリールに巻かれた8ミリフィルムが入っていた。

リード部分を指先で持って、リールから細長いフィルムをそっと引き出してみた。窓のほうに向けて外の光にかざす。

幅八ミリの小さなコマが数珠繋《じゅずつな》ぎに並んでいる。

最初は愛宕山の木立らしき風景が映り、フィルムをリールから少しずつたぐり出していくと、坂口ふみらしき人物の姿がそこに並ぶようになった。抽斗を開けて虫眼鏡を取り出し、フィルムのコマを凝視した。

ベレー帽をかぶり、白いセーターに薄手の上着、ベージュ色のスラックス姿だとかろうじてわかる。しかし肝心の顔は、8ミリフィルムのコマの中ではあまりにも小さすぎた。いくら虫眼鏡で拡大し、目をこらしても、はっきりと見ることができなかった。

フィルムをふたたびリールに巻き取り、僕は吐息を洩らす。

「やっぱし映写機がいるのう」

小さく独りごちた。

勉強机に立てた小さな鏡に、自分の険しい表情が映っていた。ふみに会えない不満と不安がまた胸中にこみ上げていることに気づき、僕は鏡を手にとって乱暴に机に伏せた。

*

四月、新学期が始まり、僕らは中学三年になった。

西岩国中学のグラウンドを取り巻く桜並木がいっせいにピンク色に染まり、風が吹くたびに無数の花吹雪《はなふぶき》となって舞い散っていた。

モンぺもトシも、残念ながらクラス分けでバラバラになってしまった。二年一組の担任だった菅川は、引き続きトシが入った三年三組の担任となった。モンぺは四組、僕は五組となった。これまで一年、二年とずっといっしょだったのに残念だったが、僕らは相変わらず、放課後はどこかの教室に集まっては時間をつぶしていた。

三年生の授業は、五教科を中心に受験を念頭に置いたものになっていた。僕の進路はまだ決まらない。親は勝手に普通科高校に行くと決めているようだ。ところが僕は内心、高校進学なんてどうでもいいと思っていた。

家でも学校でも、勉強なんてそっちのけで、ぼんやりとふみのことを想っていた。最初の日曜日。僕はひとり自転車を走らせ、臥龍橋通りのクリーニング店の前に行き、無情に閉められたシャッターを見つめた。

いつからか、そこには〈テナント募集中〉と書かれた紙が貼られ、剝がれた一辺が風にあおられてパタパタと音を立てていた。

それから市内の図書館に行き、ふみに声をかけられた窓際のカウンターデスクに向かって座ってみたりした。アルミサッシの窓越しに見下ろせる道路の反対側。小学校の校庭に沿った道沿いのポプラ並木が青々と葉を付けていた。

図書館を出て、大明小路を自転車で走り、漬物屋〈まるきん〉の前を通り過ぎた。錦帯橋に自転車を乗り入れるわけにはいかず、上流にかかる錦城橋を渡り、横山地区に入った。堀割を見下ろしながら朽ちかけた白壁の続く路をたどり、やがてロープウェイの山麓駅の前で自転車を停めた。

ケーブルを伝って城山の頂上にゆっくりと昇ってゆくゴンドラを、僕はしばし見上げた。上りのゴンドラが昇っていくにつれ、山頂駅から下ってくるもうひとつのゴンドラがすれ違いながらこっちに向かってきた。ガラス窓の中に、楽しげに笑い合う子供たちの姿が小さく見えていた。

こんなことをしたって、彼女に再会できるはずがなかった。

思い出をいくらたどっても、記憶は少しずつ過去の彼方へと去っていき、いつかは薄らいでしまう。しかしながら、僕の中にある思慕《しぼ》の情は色褪《いろあ》せることなく、心の真ん中に居座っていた。

たびたび自室の勉強机の抽斗を開けては、中から8ミリフィルムのリールを取り出し、頰杖を突きながら、フィルムの中に小さく写されているふみの姿に見入った。

＊

あっという間に四月が駆け去り、五月、六月と、やがて梅雨《つゆ》の季節に入って、鬱陶《うっとう》しく湿った毎日が続くようになった。

僕は学校の教室の窓越しに、あるいは自宅の勉強部屋の窓越しに、鉛色の空から降り続く銀色の雨を眺め、ガラスの外側を伝って下りる幾条もの水滴の痕《あと》をぼんやりと見つめていた。

そんなとき、いつも傍らには8ミリフィルムのリールがあった。撮影された映像を観ることもなく、平べったい紙箱に収めたまま、僕はそれをまるで護符《ごふ》のように片時も離さずに持っていた。

ある土曜日の午後、自室の勉強机に向かい、僕は萩原朔太郎の詩集を開いていた。外は相変わらず無数の針のような雨が落ちている。庭先に咲くあじさいの紫色の花が小刻みに揺れるのが、曇ったガラス窓の向こうに見えていた。

『こころ』という詩に目をやった。

こころをばなににたとへん
こころはあぢさゐの花
ももいろに咲く日はあれど
うすむらさきの思ひ出ばかりはせんなくて。

何度も繰り返し、口にしてみた。それはまるで自分の心象風景のようだった。

頬杖を突きながら、僕は小さく溜め息をつく。

そのとき、窓ガラスがカチンと音を立てた。

椅子を引いて立ち上がると、庭先の生け垣の向こうに黒い傘がふたつ。その下にモンペとトシの顔があった。ふたりとも野球帽をかぶっている。どちらかが小石を窓に放ってきたらしい。

窓を開き、僕は外に向かっていった。

「ふたりそろうて、どうしたんじゃ」

モンペは生け垣越しに伸び上がるようにし、興奮気味にいった。

「お前の8ミリフィルム、観ることができるど」

いきなりいわれて驚いた。

「映写機があるんか？」

「そうじゃないっちゃ。エディターが手に入ったんよ」

「エディター？」

「ええけえ、うちに来てみぃ」

僕は頷いた。

興奮状態で急いで窓を閉め、机の上の大切なフィルムを摑んでキャンバス地のバッグに入れると、あわてて部屋を飛び出した。

モンペの家は西岩国中学の裏手、伊勢《いせ》ケ丘《おか》と呼ばれる傾斜地にあった。傘を差しながら、三人で早足に歩いた。狭い路地に入って間もなく、二階建ての比較的新しい住宅が見えてくる。コンクリの塀に囲まれ、門にかかった郵便ポストの横に〈門脇〉と表札がかかっている。

傘をたたんだモンペに続き、僕とトシが彼の家に入った。

三本の傘を傘立てに突っ込み、三和土《たたき》で靴を脱ぐのももどかしく、僕らは急な階段を上り、二階のモンペの部屋に招かれた。

彼の勉強部屋は四畳半程度の空間だったが、木造りの本棚に映画雑誌や関連本がぎっしりと詰まっている。壁には〈小さな恋のメロディ〉や〈荒野の七人〉、〈スティング〉といった映画の大判ポスターが押しピンで留めて張られている。

窓際の机に見慣れない機械が置いてあった。

「あれっちゃ」

モンペは少し興奮した様子で指差した。

「これがエディター?」

僕はそれを間近で見た。

奇妙な形をした機械だった。真ん中に四角いモニター画面があり、その左右にL字形にアームが伸びて左右対称になっている。アームの片側だけに、僕が持っているものと同じ白いリールがかけられていた。

「今朝、親父といっしょに地区の廃品《はいひん》回収にガラクタを持っていっちょったら、誰が持ってきたんかしらんが、こんとなものが出されとった。まだ動きそうじゃけえ、持って帰ったんよ」

モニターの下にはGOKOとメーカー名が読めた。

さすがに廃品回収に出されただけあって、画面は汚れ、本体も傷だらけで色褪せている。

「エディターっちゅうのは、つまりフィルムの編集機なんじゃ。撮影したものをこの画面で観ながら、スプライサーっちゅう道具で切り貼りしてつなぐんよ」

「ほいじゃが、これ、ちゃんと動くんか?」

僕が訊くとモンペは得意げに笑った。

「電源を入れて作動させてみたっちゃ。ええけぇ、フィルムを貸してみぃ」

いわれるまま、僕はバッグの中からそれを取り出し、渡した。

モンペは紙箱からリールを取り出すと、もう一方のアームの先にカチッとセットした。引き出したフィルムを中央のスリットのような部品に挟み込み、さらに引き出して反対側のアームにセットしたリールにかけ、少し巻き取った。

電源を入れ、ランプのスイッチを入れるとモニターが点灯した。僕が撮影した最初の場面がそこに映し出された。愛宕山の頂上にある風景だった。雑木林の木立である。

それを見て、僕の胸がときめいた。

「このエディターは電動じゃけえ、ハンドルを回さんでも自動で映写できるんよ」

「こうやって停めちょってフィルムが焼けたりせんのか」

トシが訊くと、モンペが笑う。

「映写機の強烈なランプと違うて、これは十ワットぐらいの低出力の奴じゃけぇ、ずっと画面を停めちょっても大丈夫っちゃ」

僕らが通ったオリオン座でも、二度ばかり〝事故〟があった。

上映中に突然、映画が停止する。すると映写機からの強烈な光でフィルムが焦げ始めるのである。画面の中央が焼けて穴が開き、煙が立ち上る映像になった。すぐに「しばらくお待ちください」の放送があり、映写室がバタバタと騒々しくなったと思うと、係員がフィルムを繋ぎ、じきにまた映画の続きが始まったものだ。

「これなら、なんぼでも画像を停めて見られるけえの」

モンペがそういった。

「よっしゃあ。お楽しみの上映会じゃ！」

トシが壁際のベッドにどっかと腰を下ろした。

モンペが右側のアーム先端にあるツマミを回すと、耳障《みみざわ》りなモーター音とともに左右のリールが回り出し、画面が動き出した。

僕は思わず見入った。

小さな画面だが、そこに青空が広がり、木立が風で揺れている。ゆっくりとカメラが水平移動すると、ひとりの女性の姿が現れた。

僕は驚きの声を押し殺しながら凝視した。

まさに彼女だった。〝窓口の君〟と僕らが呼んだ坂口ふみだった。

ふみが笑った。

しなやかに身をひるがえし、バレエのようにクルッと回って踊り、恥ずかしげにポーズを取った。両手を後ろで組み、ちょっと顎を突き出して上を向き、肩をすくめながらこちらを振り向いた。

キラキラと輝く瞳。白い歯を見せる笑み。柔らかくなびく長い黒髪。

僕は身体を硬直させ、魂を奪われたようにモニターの画面を見ていた。

「ええのう。可愛いのう」

僕の隣で、身を乗り出すように見ていたトシがつぶやいた。

「莫迦たれ。お前の彼女じゃなかろうが」

モンペが笑いながら、彼の坊主頭を拳で小突いた。

僕は笑えなかった。

それどころか、こみ上げてくるものを抑えるのに必死だった。

＊

オリオン座の前は、相変わらず米兵たちで賑わっていた。

中学三年の一学期が終わろうとする七月の第一週目。日曜日だった。

期末試験が終わっても、うんざりするような宿題の嵐に疲れ果てていた僕は、たまたま新聞広告に交じっていたオリオン座のチラシに目が行き、久しぶりに映画でも観ようと思い立った。

もしやまた、あのチケット売り場の窓口にふみが戻っているかもしれない。

無駄と思いつつ、そんなことを想像したりしていた。

初夏の心地よい風を突きながらひとり自転車を走らせ、井堰を渡り、米軍基地方面へと向かった。

映画館の正面入口脇にかかったポスターには、ブルース・リー二本立てと書かれていた。〈ドラゴン怒りの鉄拳〉と〈ドラゴンへの道〉のポスターが貼られ、拳を固め、怒りの表情をあらわにした世界的な映画スターの半裸の姿が目立っていた。

チケット売り場の窓口には、やっぱりいつもの初老の男性が座っていた。

肩を落とした僕は彼に学生証を見せ、学割料金を払って、場内に入っていった。

上映が始まると、映画が映画だけに場内を占める米兵やその家族たちの興奮は尋《じん》常《じょう》でなく、ときには映画の音声が聞こえなくなるほど、口笛や奇声、拍手が飛び交っていた。そんな中で僕はひとり冷め切ったまま、シネスコサイズのスクリーン狭しと暴れ、活躍する主人公の姿を目で追っていた。

上映が終了すると、アメリカ兵たちは興奮覚めやらぬ様子で場内からぞろぞろと出て行ったが、僕はひとり、しばし座席に座ったまま、カーテンの閉まったスクリーンをぼんやりと見つめていた。

ふみの記憶を心でたどっていた。

二度目のデートともいえる愛宕山以来、もう四カ月が経過していた。もちろんその間、彼女を忘れたことはない。しかし、高校受験という中学生にとっての現実が壁のように立ち塞がり、否応《いやおう》なしに僕はそこに立ち向かわなければならなかった。

映画の鑑賞中、ふみのことを思い出したのは、二本目の映画〈ドラゴンへの道〉に出てくる魅力的なヒロインを演じたノラ・ミャオが、どことなく彼女に似ていたからだ。ややウェーブのかかった長い黒髪の、目がキリッとしたアジア人女優だった。

その姿に無意識にふみの面影を重ねていた。

けれども、いくら考えても、あの日の幸せが戻ってくることはないだろうし、奇跡なんてそうそう起こるものではない。

ようやく座席から立ち上がり、場内の中ほどの通路を歩いて出口に向かったときだった。

出入口の扉が開き、箒とチリトリと大きなビニール袋を手にした人物が入ってきた。

僕は足を止め、彼を見た。

ふいに既視感《きしかん》に囚《とら》われたが、そこにいたのはもちろん彼女ではない。

いつもチケット売り場の窓口にいる初老の男性だった。少々くたびれたワイシャツに黒のズボンを穿き、米兵たちが場内いたるところにまき散らしたポップコーンの欠片をチリトリに掃《は》き取っては大きなビニール袋に入れ始めた。

彼は視界の端に僕を認めたとたん、手を止め、ゆっくりと顔を上げた。

目が合った。

僕は自然と頭を下げ、男性もまた、小さく返礼をした。

ふたたびせわしなく箒を使ってゴミを掃き取り、落ちていた紙コップを拾ってはビニール袋に入れ始めた。

男性とすれ違い、出入口の扉に手をかけた。

「君……」

後ろから声がして、僕は驚いた。

振り返ると、彼はこちらを見ていた。目尻に細かな皺《しわ》が刻まれ、頭髪と眉毛に白いものが交じっていた。その乾いたような唇を少し震わせ、男性がいった。

「口止めされていたんだがね」

いったん言葉を切り、眉間に皺を刻んだ。

僕はその場に佇立《ちょりつ》しながら、つづく言葉を待った。

「坂口さん、亡くなったんだよ」

一瞬、意識が空白になった。まさかと思った。

「な、亡くなったって……」と、しゃがれた声が出た。

「白血病《はっけつびょう》だったらしい。ここに勤めてるときに、よく貧血というか、立ち眩《くら》みを起こしてたが、そんなことだったとは」

白血病。

僕は無意識に心の中でその言葉を繰り返していた。

「広島の医大病院にずっと入院していたんだ。親御さんは娘の治療に付き添うために店をたたんであちらの借家に移ったそうだが、もう末期だったんだろうね。三カ月としないうちに……」

彼はそこで言葉を止め、目をしばたたいた。

僕から視線を離すと、また箒を素早く動かしながら、床に散らかったゴミをせわしなく掃き始めた。少し洟をすすりながら、猫背気味に掃除を続ける男性をじっと見つめていた僕は、だしぬけに踵を返した。

映画館のロビーを抜け、出入口のガラス扉を開いて表に飛び出した。

往来に駆け出したとたん、米軍基地方面から走ってきた車の急ブレーキの音がし、激しいクラクションを浴びせられた。道路の真ん中に停まったタクシーの前を、僕はよろりと歩き、道の反対に渡り終えると、そこにあったコカコーラの自販機の横に立ち、そこに片手を突いた。

ふいに涙があふれたので、もう一方の手で顔を覆った。

とたんに全身が震え始めた。

僕は声を押し殺し、嗚咽《おえつ》した。涙が止めどもなく流れた。

☆

一九九九年、冬——


岩国駅前から南に延びる国道一八八号線沿いにある商店街。ここは本通り《ほんどお》と呼ばれている。通りの突き当たりには三笠橋《みかさ》というループの跨線橋《こせんきょう》があり、山陽本線の複列の線路をまたいでいる。

そのすぐ近くにあるビルの一階に〈ムーンフェイス〉というバーがあった。

今ではすっかり廃《すた》れてしまったが、ポール・ニューマンとトム・クルーズ主演の映画〈ハスラー2〉のおかげで八〇年代後半頃からビリヤードが日本じゅうで流行し、あちこちに球撞《たまつ》き台を置いた、いわゆるプールバーができた。

ここもその名残で、板張りのだだっ広いフロアの一角に、ラシャがすり切れかかった古いビリヤード台がぽつんとひとつあり、ジャズが静かに流れていた。たいして混み合う店でもなかったから、居心地が良く、僕はしょっちゅうトシこと三宅俊也とふたり、ここで酒を飲んだ。

モンぺこと門脇一平が亡くなり、葬儀が終わった夜も、僕らはふたり、喪服姿でこの店のカウンターに並んでいた。

キープしていたウイスキーボトルを水割りで飲みながら、とめどもなく話をした。もちろんモンぺに関する話題はたくさんあった。

僕らは小学校以来の親友同士で、中学ではいつも三人でつるんでいた。高校生になってそれぞれ違う学校に進学したが、休みになればいつもどこかで会っていた。いろんな泣き笑いのエピソードがあって、話題は尽きなかった。

あの頃の僕たちには、映画への夢があり、たくさんの映画作品を観て、感想をいい合い、自前でシナリオを書いたり、俳優の演技の真似をしたりした。

そのうちに嘘のように熱が引いていった。モンぺもトシも再会するたびに変わっていく。いずれも現実の波に呑まれるように夢を語らなくなり、けっきょくそれぞれの職に就いた。

けれども僕はあきらめていなかった。大学時代は映画研究会に所属し、8ミリカメラで自主映画を撮った。タウン誌〈ぴあ〉が主催するPFF（ぴあフィルムフェスティバル）に応募した作品は入選し、話題作となった。

当然、そのまま映画界に入って映画監督になるつもりだった。

しかしやはり僕自身のその夢もまた、現実という壁にぶち当たり、もろくも砕け散ってしまった。

映画制作の現場では個人の才能なんてほとんど無意味だった。とりわけ僕がついた有名監督の撮影現場は過酷を極め、言葉や暴力は日常茶飯事《にちじょうさはんじ》。脱落者が続出していた。すべてを仕切る監督の怒声に首をすくめながらも、その日を生きていくのが精いっぱいだった。狭い世界の中で、いかに人間関係を構築し、キープし、要領よくやっていくかがすべてだったように思う。

そんな中で自分の純粋な夢を実現できるはずがなかった。

トシもまた、自分を見失っていた。大学卒業後、父親の自動車修理工場を受け継いで経営していたが、部下に恵まれなかったようだ。資材の横流しや帳簿のごまかしが発覚したときには、彼の工場は多額の借金を抱えていた。けっきょく二度の不渡《ふわた》りを出して倒産。あげく妻に見切りを付けられ、離婚届を突きつけられた。

心を病んだトシは一時期、酒びたりになっていた。

ただひとり、広島のアパレルメーカーに勤めていたモンペこと門脇一平だけが、順風満帆の人生を送っていたはずだった。

モンペの死因は膵臓癌《すいぞうがん》だった。

病は本人の気づかぬところで深く静かに進行し、発覚したときにはすでに手遅れだった。

年がまだ若かったこともあって、癌細胞はすみやかに増殖し、転移し、取り返しの付かぬところまで行っていたようだ。

二十代前半で結婚したモンペは、ふたりの娘の父となっており、葬儀の会場で抱き合って泣く妻子の姿を見るのはあまりにつらすぎた。

「そういや、たまたま昨日、テレビであれを観た」

ふいにトシがいい、じっとウイスキーグラスを見つめていた僕は我に返った。

「うん?」

「スピルバーグの〈未知との遭遇〉じゃ。日曜洋画劇場で特別編ちゅうのをやっとったが、やっぱし最初のオリジナルのほうがええのう」

僕は少し酔った目で彼を見た。「そうか。あれが放送されたんだ」

「ひさびさにテレビでやったんよ」

その特別編は都内の劇場で観た。

ゴビ砂漠に忽然と出現した貨物船のシークエンスが前半に挿入されていて驚いた。さらに冗長《じょうちょう》といわれた家庭崩壊の場面がいくらかカットされ、代わりにラストの巨大宇宙船《マザーシップ》の内部シーンが追加撮影されていた。

ただしその場面は蛇足《だそく》のように思え、僕もトシのようにオリジナルのバージョンのほうが好きだった。

唐突に思い出し、僕はこういった。

「テレビ放映だったら当然のようにカットされただろうけど、特別編のエンドクレジットの音楽の途中で、〈星に願いを〉が流れたのを知ってるか」

トシは首をかしげた。

「〈ピノキオ〉か……」

「俺たちが中学のときに映画館で観た最初のバージョンではそれがなくて、エンドクレジットはジョン・ウィリアムズの音楽だけだったからな」

「ほういや、あの映画は〈ピノキオ〉がモチーフになっちょるゆうて、たしかモンペがゆうとったのう」

「〈ピノキオ〉は子供の純粋性を信じるということのメタファーとして描かれていた」

「純粋性を信じるか……」

トシがつぶやき、カウンターの上に置いていたマイルドセブンのパッケージから煙草を振り出し、くわえた。ライターで火を点けようとして、ふと僕のほうを見た。

「のう、ヒロキ。これからふたりで逢いにいかんか」

唐突にいわれ、僕は面食らった。「逢うって?」

「彼女にじゃ」

「彼女……?」

いきなり僕の肩を掌で乱暴に叩いた。

「ほれ。〝窓口の君〟! お前の思いが強けりゃきっと逢える」

「だけど、どうやって?」

「愛宕山にふたりで行ったんじゃろ?」

トシはまた僕の肩を掌ではたき、意味ありげにニヤッと笑った。


岩国駅前でタクシーを拾い、僕たちは国道二号線を走った。

すでに時刻は夜の十一時を過ぎていた。

米軍基地ゲートに至る国道一八九号線に合流する交差点を過ぎ、さらに南西方面へ。川にかかる橋を渡って門前地区に入ると、タクシーを右折させて牛野谷地区へと向かった。

錦南住宅を抜けて、細道をたどりながら山を目指す。

道が終点になったところでタクシーを停めてもらい、不安そうな顔をする運転手にトシが料金を払った。タクシーがゆっくり転回し、赤い尾灯を光らせながら去って行くと、僕たちは喪服の上にはおったコートのポケットに手を入れながら、真っ暗な山道を黙って歩き出した。

何しろ鼻をつままれてもわからぬほどの暗闇だったが、トシはコートの内ポケットにミニライトを持っていた。その小さな光輪を頼りに、僕らは歩き続けた。

神社の参道入口にあった古い鳥居は昔のまま残っていた。

その下をくぐると、周囲は鬱蒼とした竹藪となった。夜風が吹くたびに、竹の葉叢《はむら》が擦れ合うサラサラという音がして気味悪かった。そんな中をトシとともに黙然《もくねん》と歩き続けた。

何しろ足場が悪く、僕らはともに革靴だった。

悪路に足を取られないよう緊張して歩いているうちに、しだいに酔いが覚めてきた。

自分はどうしてこんなことをしているのかと思ったが、一方でどうでもいい気がした。どうせ酒飲み同士の戯《たわむ》れなのだし、誰に迷惑をかけるわけでもない。

そんなことを考えながら俯きがちに歩き続けていると、前を行くトシがいきなり足を止めた。危うく彼の背中にぶつかりそうになり、僕はハッと気づいた。

さっきまで周囲を覆っていた竹藪が忽然と途切れ、視界が大きく広がっていた。

驚いた。

トシとふたりして、その場に立ち尽くしていた。

山が忽然と消えている。

周囲はすっかり開けて、立木も草もまったくなくなり、さながら段々畑のようになった地面が広大な範囲で露出していた。砂漠のように荒涼とした景色が、満天の星の下に広がっていた。

「何じゃ、こりゃあ……」

トシが低い声で唸った。

それまですっかり忘れていたことを、僕はようやく思い出した。

愛宕山一帯が開発されるというニュースである。米軍岩国基地の滑走路を沖合に移設するために莫大《ばくだい》な土砂が必要となる。そのため、岩国市と山口県が主導し、九五年から計画され、去年に着工した事業計画だった。

山を崩した跡地には、約千五百の住宅と学校、公園、スポーツ施設などが作られ、五千人以上の人口を受け入れる〝夢のニュータウン〟になるのだという。

「いつの間にやら、愛宕山がのうなってしもうた」

トシが口元から白く呼気を流し、茫然とつぶやく横で、僕は文字通り不毛な大地のようになった眼前の光景に目を奪われていた。

本当にここがあの愛宕山なのか。

あの夜、坂口ふみとふたりで幸せな時間を過ごし、彼女の姿を撮影し、夜になってUFOの到来を待った。そのときの記憶がふいに奔流《ほんりゅう》のように意識に押し寄せてきて、僕は狼狽え、パニックに襲われるところだった。

何度か深い呼吸をし、白い息を口から洩らしながら、目の前にある現実を見た。

宅地造成といっても、ここまで徹底するとは思ってもみなかった。まさしく山がひとつ剝ぎ取られていた。

「この世にゃあ、神も仏もおらんのじゃのう」

そういってトシがコートのポケットから取り出した煙草を一本くわえた。「ヘノストラダムスの大予言〉で世界が滅亡するっちゅうのは、こんとなことをゆうちょったんじゃないんか？」

トシらしい大げさなもの言いに、僕は苦笑いを浮かべた。

「ヒロキ、お前も吸うか？」

マイルドセブンのパッケージを差し出してきたので、僕は途惑い気味にひとつもらった。トシは自分の煙草のあとで、僕の口元にもライターの火を近づけてくれた。礼をいってくわえた煙草を差し出す。

何年かぶりに煙を肺いっぱいに吸い込み、ゆっくりと吐いた。ちっとも味がしなかったが、心は少し落ち着いた気がした。

僕らはその場にしゃがみ、冷たい地面に並んで腰を下ろし、煙草を吸いながら座っていた。眼前の造成中の山から目を離し、ゆいいつの拠《よ》り所といわんばかりに、頭上に輝く星々を見上げていた。

のちの話になるが、けっきょくこの事業は住宅需要の低迷、地価下落のために計画が頓挫《とんざ》。巨額の損失が見込まれるため、県と市は開発地の四分の三を国に売却した。その結果、国の事業として広大な米軍専用住宅地が建設され、二〇一七年に〈Atago Hills〉という名称の米軍施設の一部となり、二六二戸の高級住宅のヴィレッジが完成した。

そしてそこは日本人が立ち入れない、事実上もうひとつの〝基地〟となった。

長い沈黙のあと、夜空を見上げながらトシがポツリといった。

「ふみさんもモンペも、星になったんかのう」

「そうかもなあ」

僕は少し笑って同調し、造成地に目を戻した。「それにしても、こんな夢のない場所じゃ、さすがにUFOも下りてこられんだろう」

「そりゃ、そうじゃ」と、トシが悲しげに笑う。

また星空を見上げた。

眼前の殺伐《さつばつ》たる景色とは対称的に、星々はあまりにも美しかった。これだけは、あの夜、ふみとふたりで見上げたときのものと何ら変わらなかった。

しかしやはりというか、異変は起こらず、夜空はたんなる夜空に過ぎなかった。

一度だけ、ゆっくりとした動きで南から中天に向かって移動する小さな光が見えたが、どうやら高空を飛ぶ飛行機だったようだ。よく見ればポジションライトと呼ばれる両翼端の赤と青の光がそれぞれ明滅していた。それは滑るように星々の間をかすめつつ、北の空へと消えていった。

「不公平だな」

突然、僕がいったので、トシが顔を向けた。「何のこっちゃ」

「ふみさんと兄貴は見たのに、自分のところだけにはＵＦＯが来ないのは納得できない」

「じゃが、お前まで星になられると困るのう」

「莫迦。みんな死ぬわけじゃない。だいいち兄貴はまだ生きとるよ。去年、二度目の結婚をして、京都で酒の蔵元《くらもと》のところに婿《むこ》入りだ」

互いに肩を揺すって笑い合い、僕らはあらためて星空を見上げた。

無数にきらめく星々の間をうっすらと銀河が流れている。

ふと、こう思った。

今日が七月七日だったとしたら、織り姫と牽牛が出会う日だ。願い事がかなう日だ。

そうだ。

もしもあの星空の川に橋が架かっていたら、僕はふみと再会できるかもしれない。

そんな想像をしているうちに、自分の中に少しだけ暖かさがよみがえってきた。

コートのポケットに片手を入れ、大切にしている宝物を取り出した。

8

あれから二十年以上が経っていた。すっかりボロボロになった紙箱の蓋を開き、ミリフィルムの白いリールを引っ張り出す。

星空に、天の川に向かって、僕はそれをかざした。

たった一本のこのフィルムの中にふみがいる。永遠に微笑み、躍動している。

けれども、僕はとうにふみの年齢を追い越していた。これから先も、大切な思い出を胸の奥にしまったまま、ずっと独りで生きていくのだろう。

――違ったかたちでめぐり逢うことができるかも。

ふみがいった言葉の意味が、やっとわかった。

「きれいな、不思議なひとじゃったのう」

トシが優しく笑った。

「本当にきれいだった」

声が震え、涙があふれそうになった。

星に願いを――。

もしも夢がかなうなら、僕は心から愛しているといいたい。

そう思った瞬間、碧《あお》い流れ星がひと筋、星々の間から滑り落ちた。

あとがき

歳を取ると、先が短くなるのを感じるとともに、昔を振り返りたくなる。

脳が衰えて短期記憶が苦手となり、ゆうべおかずに何を食べたか思い出すのにも苦労する。その一方で、遙かな遠い過去——自分が十代だった頃の記憶は鮮やかに憶えているのである。

還暦を前にした五十八歳のとき、自伝的少年小説『風に吹かれて』（ハルキ文庫）を上梓した。自分自身を振り返るいい機会となったし、おかげでずっと背を向けていたはずの故郷との密接なつながりができて、以来、毎年のように訪れるようになった。

のみならず、これをきっかけに、ノスタルジー小説というジャンルに火が点き、昭和という時代を背景に故郷の街を舞台にした作品をいくつか出すことができた。読者の方々にも、それぞれの過去に思いをめぐらせつつ読んでいただけたらしく、懐かしい物語に共感しましたというお声をいただき、作者としても嬉しく思う。

こうした作品の執筆中は、常に意識が過去の時代に飛び、まさにタイムスリップしたかのように自分の少年期を追体験できる。あの頃に帰って泣き笑いができるのである。

本作品集もまた、私自身の少年時代の体験を元に架空の物語を構築したものである。「幻夏」と「俺たちのロングウォーク」では、ともに『風に吹かれて』にも登場する森木健一（モリケン）という主人公だが、書き下ろし作品である「宇宙《ほし》に願いを」は、二作とは独立した別の主人公の話であり、数年後の設定とした。

実は執筆が終わった今もなお、私は過去という時間に憑かれたまま、当時の記憶がずっと頭の中を駆けめぐっている。独特の甘酸っぱい感情とともに、旧友たちの顔や子供の頃の出来事を思い出している。

最近、人生はめぐり合わせの連続と考えるようになった。

それは偶然ではなく、もしかしたらある種の必然ではなかろうかと思う。

フライの雑誌社の堀内正徳さん、山と溪谷社の神谷浩之さんとのめぐり合わせがなければ、この一冊が世に出ることはなかっただろう。

また今回、素敵な表紙イラストを描いていただいた漆原友紀さんは、たまさか私と同郷だったこともあり、まさに奇跡のような素敵な出逢いとなった。

お三方には心からの感謝をささげるものである。

また、いつも惜しみない協力をいただいている岩国の同級生たちにも——。

二〇二四年十二月　著者

樋口明雄（ひぐち・あきお）

１９６０年、山口県岩国市生まれ。山梨県北杜市在住。山梨県自然監視員。２００８年に刊行した『約束の地』（光文社）で、第27回日本冒険小説協会大賞および第12回大藪春彦賞を受賞。２０１３年には『ミッドナイト・ラン！』（講談社）で、第２回エキナカ書店大賞を受賞。『天空の犬』（徳間書店）に始まる「南アルプス山岳救助隊Ｋ－９」シリーズのほか、近刊小説に『太陽を背にうけて』（ＫＡＤＯＫＡＷＡ）がある。エッセイ『のんではいけない 酒浸り作家はどうして断酒できたのか？』（山と溪谷社）など著書多数。『風に吹かれて』（ハルキ文庫）は、本書の姉妹編となる自伝的少年小説。

解説

西上心太

ふるさとは遠きにありて思ふもの
そして悲しくうたふもの

と詠じたのは室生犀星である。誰もが一度は聞いたことがある詩句ではないだろうか。この詩句は六連構成の「小景異情」という作品で、その第二連冒頭の二行にあたる。一九一八（大正七）年に刊行した第二詩集『抒情小曲集』の巻頭に置かれているのだから、思い入れも自信もある作品であったに違いない。

実はこの詩は犀星が生まれ故郷の金沢に帰った時に作られたという。東京でなかなか自立した生活ができず、複雑な思いを持つ故郷との間を行き来する。だが故郷でも決して温かく迎えられたわけではなかったらしい。望郷を詠ったものではなく、ままならない気持ちを抱いたまま、また東京に戻る悲哀の詩であることは、

よしや
うらぶれて異土の乞食《かたゐ》となるとても
帰るところにあるまじや

と続く次の三行以降を見れば理解できるだろう。しかし、それぞれが心に抱く望郷の思いを最初の二行に託したとしても、泉下の犀星はたぶん気にしないだろう。

本書は『風に吹かれて』（二〇一八年）に続く、樋口明雄の自伝的小説であり、前日譚にあたる作品も収録された短編二編と中編一編からなる作品集だ。両作品に登場する森木健一は、作者自身を投影したキャラクターであるが、森木の故郷に対する思いには、はたして犀星と通じるものがあったのだろうか。その前にまずは作者のことを紹介しよう。

樋口明雄は一九六〇（昭和三十五）年に山口県岩国市で生まれた。地元の小中学校、広島の高校に通った後、大学進学を機に東京に。卒業後はそのまま東京に留まり、雑誌記者やフリーライターを務める。八〇年代後半から、ゲームブックやライトノベルの分野で作家活動を始める。かなりの作品を発表しているが、冒険小説の新たな書き手として注目を集めるようになったのは、戦前の満州を舞台に女馬賊が活躍する『頭弾』（一九九七年）、『狼叫』（一九九八年）あたりからだろう。

ちなみに樋口明雄は一九九九年ごろに東京での生活を引き払い、山梨県北杜市の山間部に移住した。この生活環境の変化が以降の作品に大きな影響を与えたことは間違いない。やがて物語の舞台を山に移していくからだ。

山岳警備隊員になった元SPが、現役時代に知ってしまったある秘密のため命を狙われる『狼は瞑らない』（二〇〇〇年）、利権のため山を汚す者たちと、山人として暮らす若者との闘いを描いた『光の山脈』（二〇〇三年）などの秀作を次々と発表。山岳冒険小説の第一人者といえる活躍を見せるようになるのだ。都会から赴任した鳥獣保護を担当する公務員が、八ヶ岳近辺に暮らす人々の諸問題に直面しながら、巨大野生動物と対峙する『約束の地』（二〇〇八年）で、ついに第十二回大藪春彦賞、第二十七回日本冒険小説協会大賞をダブル受賞するに至った。これに続いて、北岳に開設された山岳救助隊の隊員と山岳救助犬の活躍を描いた『天空の犬』（二〇一二年）を上梓する。後に〈南アルプス山岳救助隊K-9〉と名付けられるこのシリーズはすでに十四作を数え、樋口明雄のライフワークとも呼べる作品群に成長した。

これ以外にも、かつて樋口明雄が住んでいた東京阿佐ヶ谷のガード下の飲み屋が舞台となるハチャメチャなアクションコメディ『武装酒場』（二〇〇二年）、『武装酒場の逆襲』（二〇〇九年）、集団自殺を目論んだ五人の男女が、ヤクザから助けた少女とともに、なぜか警察にも追われてしまう『ミッドナイト・ラン！』（二〇一〇年）、元刑事と外国人研修生の逃避行を描いた『オン・ザ・ロード』（二〇一五年）といったアクションロードノベルなど、山岳冒険小説以外のジャンルでも面白い作品を上梓している。

また、屋久島に上陸した北朝鮮の人民軍を相手に、山岳ガイドら地元民が闘いを挑む『還らざる聖域』（二〇二一年）は、新たな代表作と呼べる傑作である。

初めての自伝的小説である『風に吹かれて』は、一九七三（昭和四十八）年の岩国市で、子供時代を送る少年少女の物語であった。小説家志望のモリケンこと森木健一、漫画家を目指すノッポこと北山登、無鉄砲が服を着て歩いているムラマサこと村尾将人という、小学校以来の付き合いになる中学二年のわんぱく三人組に、東京からの転校生ミッキーこと幹本靖弘、モリケンの幼なじみで、クラスでいじめに遭っていたが、それを克服した女子生徒の松浦陽子が加わり、夏休みを利用したひと夏の冒険に出かけるという物語である。

まず頭に入れておきたいのが、岩国が基地の街であることだ。もともと戦前は帝国海軍基地があり、敗戦後は連合軍に接収され、現在はアメリカ海兵隊の基地になっている。また一九五七年からは自衛隊も共用するようになり、さらに二〇一二年には民間機が離着陸する岩国錦帯橋空港もできた。

一九七三年の初めには、ベトナム和平協定が調印されていたが、米軍基地はまだ騒がしかった。日々彼らの頭上を、米軍の戦闘機が轟音を上げて飛び交う環境なのだ。だが中学生の彼らにとってはまったくの他人事で、川で水泳や釣りに興じるのが日課である。また山中に遺棄されたバスを秘密基地にして、アメリカ人が捨てた無修整のエロ本をクラスメイトに暴利で売りつけては、冒険の準備資金として貯めこんでいる。その一方で、モリケンは広島に落とされた原爆のキノコ雲を目撃した母の話から、岩国基地への核兵器持ち込み疑惑に思いを馳せる。さらに厳格で怖かった父親に老いの気配が忍びよっていくことに寂しさを覚えるなど、彼らは大人への階段を知らぬ間に上っていく。そして当時の日々の経験が、現在の自分を作り上げていたことに、あらためて気づくのである。

本書巻頭の「幻夏」には、そのモリケンこと森木健一が登場する。東京の五反田で故郷の西岩国小学校同級生の飲み会が開かれた。森木ら都内在住の四人と、遠方からの四人の、計八人が集まったのである。六十五歳を迎えた前期高齢者の一団だ。森木は幹事役の友人から、仲が良かったトンボこと戸田保志が、前の月に急死したことを聞く。森木は大学に進学した時からずっと東京暮らしだった。十九歳の冬休みに帰郷した際に、ささいなことから父親と喧嘩し、三十八歳の時に父親が亡くなるまでいっさい故郷に足を踏み入れることがなかったのだ。だが旧友の死に心がざわめき、ストレスの多い毎日の流れを変えようと、森木は七年ぶりに故郷に帰る決断をする。

七年前の帰郷というのが『風に吹かれて』につながるエピソードだ。今回も森木は一人で車を運転して東京を出発し、十二時間かけて岩国に到着する。東京に呼びよせた母もすでに亡く、生家も土地も売却してしまっている。故郷とのつながりをほぼなくした森木は、翌日当てもなく車を走らせ、よく遊んだ河原に降り腰を下ろす。すると見覚えのある自転車に乗った一人の少年が現れる。高校の時バイク事故で死んだポンタこと内山幸太だった。そして彼に続いてトンボもやってくる……。

十一歳の小学六年生だった時代に、森木が一人タイムスリップしてしまったかのような物語だ。大人の森木を見ても二人は少しも不思議がらず、彼をモリケンと呼び、日が暮れるまで三人で釣り遊びに興じるのだった。二人と別れたモリケンの足は、自然と生家へと向かう。わだかまりを持ち続け、死に目どころか二十年近く会わずじまいだった父。母に促され家に入ったモリケンは、父とどんな会話を交わすのか。そして現実に戻った時に用意されたもう一つの出会いとは。ほろりとする逸品である。

「俺たちのロングウォーク」は、森木が社会人になった娘を軽自動車の助手席に乗せ、岩国に帰るシーンから始まる。父の生まれ故郷に行ってみたいという娘の要望に応え、春の休みに帰郷することになったのだ。その長いドライブの最中に、森木は十二歳だった中学一年の夏の出来事を思い出す。クラスメイトとのちょっとした諍いによる意地の張り合いで、四十キロ離れた徳山市まで歩くと宣言してしまったのだ。こうしてモリケンにノッポとムラマサを加えた三人組は、夏休みの初日に徳山までの徒歩旅行に挑むことになる。早朝の集合場所には、ヤクザ組長の息子という噂があるモゲこと百井重雄の姿もあった。四人は、新しく開通したバイパス沿いに徳山を目指して歩き始めるが……。

当時のヒット曲を歌ったり、アイドル歌手を話題にしたり、賑やかに道中は続くが、暑さや靴擦れの痛みも加わり、疲ればかりが増していく。意味もなく無駄なことを始めてしまう少年たちの姿が愛おしい。『風に吹かれて』で描かれた、翌年に実行されることになる冒険行のきっかけとなったエピソードでもある。

表題作の中編「宇宙に願いを」は、唯一モリケンらが登場しない物語だ。一九九九（平成十一）年の冬、三十四歳で癌のため亡くなったモンぺこと門脇一平の葬儀に参列したヒロキこと藤沢浩樹とトシこと三宅俊也。三人は小学校から中学校まで連んでいた悪ガキ三人組だ。生まれ育った岩国の街を歩きながら、二人は思い出深い映画館オリオン座があった場所に差しかかる。三人は皆映画好きで、ヒロキは映画監督に、男前のトシは俳優に、そして亡くなったモンペは脚本家になりたいと思っていた。ヒロキはそんな思いを抱いていた西岩国中学の二年生、十三歳のくりくり坊主頭だったあの頃を回想する……。

いつもの中年の親父ではなく、オリオン座の切符売り場に座っていた美しい女性に、中学二年のヒロキは心を鷲掴みにされてしまう。彼女との「デート」が叶い、ヒロキは父から譲られた八ミリカメラを手に、岩国の名所愛宕山に向かう。

ヒロキは三人の中で唯一希望を叶え、大手の映画製作会社に就職し助監督になっただがいつまでたっても下積みのままで、やがてメンタルを病み退職し故郷に戻ってきた。トシは親の自動車修理工場を継いだものの会社は倒産。妻とも別れ、一時は酒浸りの生活を送っていた。広島のアパレルメーカーに就職し、早く家庭を持ち、子供にも恵まれ順風満帆と思えたモンペは癌のため早世してしまう。モンペは病死ではあるが、いずれも夢が潰え、挫折した人生を送ってきた男たちの物語といえるだろう。ヒロキが恋した女性も、自分自身では抗いようのない宿命を背負っていたのだ。なんともの悲しい物語である。

岩国市は山口県のもっとも東に位置し、広島県との県境にあり広島市とも近い。モリケンたちが生まれた十五年ほど前は戦争中だった。モリケンの父は海軍に行き、母親は広島に落とされた原爆のキノコ雲を目撃している。そして岩国にずっと存在するアメリカ軍の基地。非核三原則に違反する核兵器の持ち込み疑惑。純真無垢でおバカだった少年たちの少し前には戦争による惨禍があり、彼らが生きている時代にはベトナム戦争があった。

『風に吹かれて』そして本書と続く樋口明雄の自伝的青春小説は、これらの戦争による惨禍と悲劇を背景に潜ませることで、物語に深みを与えているのである。

ノスタルジーだけでは終わらない、もの悲しくも愛おしい過去への旅を、ぜひ味わってみてはいかがだろうか。


（文芸評論家）

■初出
「幻夏」〈フライの雑誌〉116号「ネラミの川」改題
「俺たちのロングウォーク」〈フライの雑誌〉131号・132号「リンダの夏」改題
「宇宙に願いを」　書き下ろし

（本作品はフィクションであり、登場する人物、または団体名は、実在するものといっさい関係ありません）

カバーイラスト＝漆原友紀
装幀＝朝倉久美子
校正＝與那嶺桂子
ＤＴＰ＝株式会社千秋社
編集＝神谷浩之（山と溪谷社）

宇宙《ほし》に願《ねが》いを

二〇二五年三月一〇日　初版第一刷発行

著　者　樋口明雄
発行人　川崎深雪
発行所　株式会社　山と溪谷社
郵便番号　一〇一―〇〇五一
東京都千代田区神田神保町一丁目一〇五番地
https://www.yamakei.co.jp/

■乱丁・落丁、及び内容に関するお問合せ先
山と溪谷社自動応答サービス　電話〇三―六七四四―一九〇〇
受付時間／十一時～十六時（土日、祝日を除く）
メールもご利用ください。
【乱丁・落丁】service@yamakei.co.jp　【内容】info@yamakei.co.jp
■書店・取次様からのご注文先
山と溪谷社受注センター　電話〇四八―四五八―三四五五
ファクス〇四八―四二一―〇五一三
■書店・取次様からのご注文以外のお問合せ先　eigyo@yamakei.co.jp

本文フォーマット・デザイン　岡本一宣デザイン事務所
印刷・製本　大日本印刷株式会社

定価はカバーに表示してあります

Printed in Japan ISBN978-4-635-05010-4